「どうした？
強い命がなければできないか？」
エルドルフが静かな、
しかし重い期待を込めて
アムの目を見つめた。
琥珀の瞳が、
星のように輝いている。
「あ……は……恥ずかしい」
「《曝露》」
その言葉に抗えず、アムはしっぽをどかした。
後ろに手をついて、
股間を見せつけるように大きく脚を開く。
アムの性器は、いつのまにか震えるように勃っていた。
陸軍士官の
義兄弟Dom/Subユニバース
甘い躾

陸軍士官の甘い躾
義兄弟Dom/Subユニバース

佐竹 笙

23717

角川ルビー文庫

目次

口絵・本文イラスト／さとう蜂子

「……この店で働いているはずなんだが。銀の髪《かみ》に薄《うす》い緑の目で、十六、七歳くらいの……」

憲兵らしき声が耳に入った。二人組だ。この店の入り口で、聞き込みをしているのが見える。

――オレ、十八なんだけど。

細い体はコンプレックスの一つだった。思わず舌打ちしたくなったが、黙《だま》って厨房《ちゅうぼう》にUターンする。だが話をしていないほうの一人が、その動きに気がついた。

「おい！　そこの赤いバンダナ！　ちょっと待て！」

厨房に入り、客に出すはずだった大皿を手近な台にドンッと置いた。

「なんだ？　注文違《ちが》ったか？」

コックの声を無視して、裏口へと足早に向かう。

「おい！　アム！　この皿なんだってんだよ！」

怒鳴《どな》り声を背中で聞きながら、アムは走り出した。しかし裏口にも別の男の姿がある。次の瞬間《しゅんかん》、アムは休憩《きゅうけい》室に飛び込んだ。聞き慣れない足音が近づく。店の奥にまで入ってきたのか。

「クソッ」

この店は、学のない人獣《じんじゅう》でも雇《やと》ってくれたから気に入っていたのに。

銀の髪を覆《おお》う赤いバンダナを投げ捨て、部屋の奥へ走りながらシャツのボタンをいくつか緩《ゆる》める。ベルトのバックルも。名残惜《なごりお》しいが、この服ともおさらばだ。

アムは窓から身を乗り出し、路地を見た。

「いたぞ！」

背後に声が聞こえ、アムはするりと犬の姿になった。路地に飛び降りると同時に走り出す。

「待て！」「止まれ！」

常に追われている。十歳の時から。

怒鳴り声に胃が縮まり、足がすくみそうになる。

人にも獣《けもの》にもなれる者――人獣は、人に従う性が多い。アムも。母もたぶんそうだった。でも人の支配は受けない。いつもみたいに、きっと逃《に》げてみせる。

性能のいい三角の耳は、自分を支配する声を漏《も》れなくキャッチした。その声に身を任せてしまえ、そのほうが楽になると内側でいつも声がする。でもそれを理性でねじ伏《ふ》せる。

オレは、決して隷属《れいぞく》などしないと。

路地を全力で走り、通りに出ようとした時、店の表から回り込んできたらしい二人が立ち塞《ふさ》がり、大声を上げた。

「ちょっと話を……」

アムは咄嗟《とっさ》に路地に積まれた木箱に跳《と》び、男たちの頭上を越《こ》えて通りへと飛び出した。

走れ。走れ。逃げろ。逃げろ。捕《つか》まるな。

銀毛の犬は弾丸《だんがん》のように疾走《しっそう》した。進む先には若い男が立っている。憲兵とは違う、深緑の制服。でもその雰囲気《ふんいき》は似ている。視線がかち合った瞬間、本能的な警戒《けいかい》が全身に広がった。

走る方向を変えようとした、まさにその時。

「《佇立《ちょりつ》》。……いや、《止まれ》」

若い男から発せられた言葉に、全身が凍《こお》りついた。

これは人獣を従わせる強い言葉——命《めい》だ。独特の音域で発せられる、精神の捕縛《ほばく》。今まで何度となく浴びせられ、そのたびに振《ふ》り切ってきたのに……今はできない。

力が抜《ぬ》けたようになり、意思に反して脚《あし》が止まる。自分を見つめる、双《ふた》つの黄色い目。その視線が恐《おそ》ろしく重い。芯《しん》から、怖《こわ》い。

「《跪拝《きはい》》……《ひざまずけ》」

その視線と言葉が、凄《すさ》まじい重さとなって頭上からやってきた。苦しくてたまらない。走らなければ。動け。動け。

そう念じるのに、体は自然と「伏せ」の姿勢を取り始める。しっぽと耳が恐怖《きょうふ》で下がった。早く、逃げなければ。でもこの人に従わなければいけない。

内側からの本能、それに心と理性で精一杯《せいいっぱい》抗《あらが》う。だが本能は、外からの圧倒《あっとう》的な力に屈《くつ》しようとする。こうするのが、一番いいことなのだと。

男が近づいてくる気配。激しい動悸《どうき》がする。気分が悪い。

「なんだ、ちゃんと言うことを聞けるじゃないか」

心と体がバラバラに引き裂《さ》かれるような混乱。この男の目。琥珀色《こはくいろ》の瞳《ひとみ》にある黒い虹彩《こうさい》が、ぐんぐん大きくなっていくような錯覚《さっかく》。幕が下りるように目の前が暗くなっていく。

「……かわいいな」

アムはその場で意識を失った。

真新しい群青《ぐんじょう》の制服は、体にぴったりと合っていた。そのせいか詰《つ》め襟《えり》が苦しい。アムは首元を緩めようとしたが、目の前を歩く教官がその気配を素早《すばや》く察知し、顔だけで振り向いてジロリとにらんだ。

「服装は、規定の通りの着方で初めて用を成す。着崩《きくず》すな。またお前への支給品はすべて国民からの血税をもって購《あがな》われていることを忘れるな」

アムは返事をしなかった。教官は足を止め、踵《かかと》を支点にくるりと真後ろを向いた。

「返事！」

その言葉にはそれほどの強制力を感じはしなかったが、しぶしぶ従った。

「……はい」

「聞こえない！」

アムが黙ってにらみつけると、教官は気色ばんでから、吐《は》き捨てるように言った。

「閣下の後ろ盾《だて》に、あぐらをかくなよ」

街中で気を失ったアムは捕まり、訳もわからずこの上級士官学校に入れられることとなった。

ここには、士官学校の卒業生から選ばれた陸・海・空軍少尉の幹部候補生と人獣の生徒がいる。幹部には護衛兼《けん》助手となる人獣がそれぞれつき、二人一組で活動するが、強い絆《きずな》で結ばれることになるその相手を決めるのが、まさにこの場所だった。

人間の中には、生まれながらに強い支配欲を持つ「主者」がいる。一方、人の姿もとれる人獣には、彼らに従うことを喜びとする「従者」が多い。これは嗜好《しこう》ではなく本能だ。人には従者が少なく、人獣に主者は少ない。犬の人獣であるアムもまた、従者の性質を持っていた。

従者は主者の庇護《ひご》を受けずにいると、精神的に不安定になり、不眠《ふみん》や情動不安に悩《なや》まされるらしい。だからアムもここで自分の主《あるじ》を決めないといけないのだと、ついさっき説教された。「優《すぐ》れた従者」の子であったアムは、赤ん坊《ぼう》の頃《ころ》に「誘拐《ゆうかい》」されてしまったのだという。だからアムは「保護」され、「本来の道」に戻《もど》された。国の施設《しせつ》で、将校たちのために仕える存在になる、「選ばれた」人獣になれと。

今からでも遅《おそ》くはないのだと校長が言った。アムの中途《ちゅうと》入学には、この学校を設立した陸軍大臣の強い推薦《すいせん》があったらしい。それに恥《は》じぬよう、しっかり本分を果たせと激励《げきれい》され、アムは犬の姿になって後脚《うしろあし》で砂でもかけてやりたい気分になった。そんなの、冗談《じょうだん》じゃない。

ここは低い山を丸ごと使った巨大《きょだい》な檻《おり》だ。深い川と森。壮麗《そうれい》な煉瓦《れんが》の建物群。白い薔薇《ばら》が咲《さ》き誇《ほこ》る小径《こみち》。どれも美しいが、自由がない。

どうやってここから逃げ出そうか、などと考えている間に、教官によって寮《りょう》に連れていかれた。白い化粧《けしょう》を施《ほどこ》された建物の前には、小柄《こがら》な美少年が姿勢よく立っている。教官が前に立つと、少年は敬礼した。

「では春雷《しゅんらい》三号、新入生の銀色五号の案内を頼《たの》む」

「拝命いたしました！」

少年は教官が去るのを直立不動で見届けると、アムにサッと手を差し出した。

「よろしく！　僕はハヤブサの人獣だ。みんなから委員長って呼ばれてる。君とは同室になる」

少年は黒く大きな瞳をクリクリと輝《かがや》かせた。光の角度では紫《むらさき》にも見える濃《こ》い灰色の髪を持ち、アムの目の高さにつむじがある。鳥の人獣に初めて出会い、アムは戸惑《とまど》った。

「よ……よろしく。アムだ」

おずおずと手を差し出すと、委員長はその手を握《にぎ》りながらにっこり笑った。

「これから寮を案内するよ」

寮舎は三階建てで、アムたちは二階の部屋だった。幹部候補生の寮は隣《となり》の建物になり、食堂や風呂《ふろ》は別棟《べつむね》で彼らと共同だ。それぞれの寮の行き来は規則で禁じられていて、「指名」後にしか許されていないという。

「指名って？」

「聞いてない？　候補生が、相性《あいしょう》のよさそうな生徒を相棒役に指名するんだ」

「勝手に決められんの？」

「こっちにも拒否権《きょひ》はあるよ。でも一緒《いっしょ》に演習したり、自由時間に話したりして、指名の時期……って夏の終わりなんだけど、その時までにお互《たが》いこの人だなって決めるんだ」

夏の終わりか。アムは、廊下《ろうか》の窓に広がる新緑の景色を横目で見た。

「正直、アムが羨《うらや》ましいよ。僕たち、何度も試験受けてここまで来てるからさ。ようやく候補生の兄さまたちと話せる時が来たって思ってたけど、そこから入れるなんていいな～」

委員長は口を尖《とが》らせながら、個室のドアを開けた。

「キューちゃん！　……あれ、いない。さてはまだ泳いでるな」

委員長は腰《こし》に手を当て、ため息をついた。部屋には、壁《かべ》に備え付けの二段ベッドが二台ある。

「この部屋、僕のほかに、イルカの人獣《じんじゅう》がいるんだ」

アムは「イルカ……」と小さく繰《く》り返した。海獣《かいじゅう》自体、まったく見たことがない。委員長は「たぶん川だな」と言って踵《きびす》を返した。寮舎を出て、広大な運動場を突《つ》っ切っていく。

ここは敷地《しきち》全体が標高六〇〇mほどの山中にあり、敷地内を流れる川は中腹にある校舎近くで急激に深さを増す。そしてふもとにある人工湖に注ぎ、下流で大河へとつながっている。

その時木立の向こうから、浅黒く背の高い少年が歩いてきた。二人を見ると、大きく手を振る。小柄な委員長も手を振りながら、ぴょんぴょん跳《は》ねた。

「キューちゃん！　顔合わせするから部屋にいてくれって言ったじゃないか」

「ごめんごめん」

目尻《めじり》も眉《まゆ》も下がった人の好《よ》さそうな少年は走り寄り、アムを見ると手を差し出した。灰色の髪《かみ》からポタポタと水が垂れている。というか、全身が濡《ぬ》れていた。

「海音《かいおん》四号だけど、キューちゃんって呼ばれてる。よろしくね」

「アム。犬だ。よろしく」

アムは濡れた手を握りながら言った。

「イルカって、オレ、初めて会った。泳げるってこと？」

キューちゃんは大きな声で笑った。

「じゃ、見ててよ」

「あっ、ちょっとキューちゃん！」

委員長の制止も聞かず、キューちゃんが今来たほうへと走り出す。アムもその後を追った。

キューちゃんは走りながら服を緩《ゆる》め、脱《ぬ》ぎ捨てると同時にイルカとなって川に飛び込む。

「あ〜っ、勝手に獣姿をとるなよ！　また僕も怒《おこ》られるだろ！」

委員長は、キューちゃんが脱ぎ散らかした服を拾いながらやってきて、ぷりぷりと怒った。

イルカはその言葉に反応したように水面から飛び上がり、くるりと一回転して水に潜《もぐ》る。

アムは呆気《あっけ》に取られてから、笑い出した。堅苦《かたくる》しいやつばかりなのかと思っていたが、意外と好き勝手している。この学校はクソ食《く》らえだが、彼らとならうまくやれそうな気がした。

翌日からさっそく授業が始まった。アムが入れられたのは通称《つうしょう》イヌ科——陸軍の幹部候補生付き従者のクラスだった。委員長はトリ科と呼ばれる空軍将校の、キューちゃんはウミ科と呼ばれる海軍将校のためのクラスにいるという。

学校に通ったことのないアムにとって、授業は拷問《ごうもん》に等しかった。すらすらと文章を読めないし、じっと座っているのがまず苦痛だ。外はカラリと晴れた青空で、余計に鬱々《うつうつ》とした気分になった。

教室を見渡《みわた》すと、みんな背筋を伸《の》ばし、真剣《しんけん》な顔で授業を受けている。人に使われるために。

なんだか馬鹿《ばか》らしくなり、アムは細くため息をついた。

ここにいる連中からは、あまりよく思われてはいないらしい。教室に入ってすぐに「野良犬」という嘲笑《ちょうしょう》が聞こえ、目が合っても無視された。びっくりしたが、そういう相手に媚《こ》びたくもないし、無理に仲良くしようとも思わない。そもそもここをさっさと抜《ぬ》け出したい。

広い運動場を眺《なが》めながら、アムは小さい頃のことを思い出していた。

十歳までは山奥の小さな家で母と過ごしていた。母はいつも優《やさ》しかったし、時折やってくる父親からはかわいがられていた。今となっては父の顔も朧《おぼろ》げだけれど、一緒にいるとすごく安心したことを覚えている。父親は街で仕事があるらしく、たまにしか帰ってこなかった。別れる時はいつも寂《さび》しくて、泣いて父を困らせたが、幸せだった。あの頃は。

誘拐されたのだと今さら言われても、信じられない。両親は誘拐犯だったのだろうか。

授業が終わり、寮舎に戻る途中でアムはふと足を止めた。候補生たちの寮へと続く小径には、白い薔薇が植えられている。母が好んで植えていたのと同じ、四季咲《しきざ》きの薔薇だ。

十歳のある日、一人で遊んで夕方家に帰ると、母は数人の男たちによってどこかへ連れていかれるところだった。それを見た瞬間《しゅんかん》、アムは足がすくんで動けなくなった。こういう時は、すぐに逃《に》げなさいと言い聞かされていたのに。きっとアムを連れていく人がいるから、と。

アムは灌木《かんぼく》の茂《しげ》みで一人震《ふる》えていた。家の周りにたくさん植えられた薔薇が、夜明けに花開かせるまで、ずっと。怖《こわ》くて、怖くて、泣きながら隠《かく》れていた。

母は捕《つか》まってしまったのだろうか。誘拐犯だったから？　でもアムにとっては、やっぱりあの優しかった人が母親だ。

アムは薔薇の小径《こみち》に足を向けた。青く気高い香《かお》りに包まれる。三分咲きの薔薇を眺めながら、追憶《ついおく》の中で母の面影《おもかげ》を追っていると、誰《だれ》かの気配がした。

「……授業はどうだった？」

振《ふ》り向くと、白い薔薇が咲きこぼれる中に、あの時の若い男が立っていた。

きっちり撫《な》でつけられた黒い髪に、琥珀色《こはくいろ》の瞳《ひとみ》。形のよい額、通った鼻筋。精悍《せいかん》な顔つき。白いシャツに黒いネクタイを締《し》めて、深緑のジャケットの上からベルトを留めている。陸軍士官だ。膝下《ひざした》まである黒いロングブーツが、長い脚《あし》をより際立《きわだ》たせている。

アムは固まった。あの時の恐怖《きょうふ》を、体が覚えているのだろうか。男は爽《さわ》やかに笑いながら、歩み寄ってきた。

「あの後、具合は大丈夫《だいじょうぶ》だったか？　銀色五号くん」

からかうような口調で男が手を伸ばす。肩《かた》に触《ふ》れられそうになり、アムは体をひねった。

「はぁ？　オレにはアムって名前があるんだよ」

アムは精一杯虚勢《せいいっぱいきょせい》を張った。だが怖かった。圧倒《あっとう》的な力を感じる。この男には抗《あらが》い難《がた》いオーラのようなものがあった。見た目だけなら……自分より少し年上の、とても整った顔をした若い男というだけなのに。

幹部候補生たちは、みな主者の性質を持っている。教官もだ。だが、どうしてこの男はさっ

き会った教官連中よりも怖いのだろう。体の芯《しん》から震えるほど。

男は警戒心《けいかいしん》丸出しのアムを見て、毒気を抜かれたように固まった。

「……俺のこと、わかるか？」

「オレを捕まえたやつの顔、忘れるわけないんだけど」

男はわずかに眉間《みけん》に皺《しわ》を寄せた。探《さぐ》るような目をして、しばらくアムを見つめる。

「ずっと逃げていたよな。逃げる前のことは覚えているのか？　アム」

馴《な》れ馴れしさの中に潜《ひそ》む、わずかな憐《あわれ》みの感情を察知し、アムはムカッとした。

「なんでそんなこと話す必要あんの？　ガキの頃《ころ》から一人で泥水《どろみず》すすって生きてきたから、昔のことなんてなんも覚えてない。三食保証されてるここのやつらとは違《ちが》うから」

男は怪訝《けげん》な顔をしてからしばらく黙《だま》り込み、静かに口を開いた。

「父も俺も、お前をずっと捜《さが》していた。何年も。ずいぶん手こずらせたな。たいしたものだ」

「お前らのことなんて知らねえよ。こんなとこに来たくなかった。てめぇのせいだ」

アムは吐《は》き捨てるように言った。

「さっきから、ずいぶん口が悪いな。それでは我が家の一員にはなれないぞ」

男は何かを吹《ふ》っ切るように顎《あご》を上げて、アムを挑発《ちょうはつ》した。

「お前は俺の父が外に作った子だ。俺はお前の主者となるよう、言いつけられている」

アムは目を見開いて、口をぐっと引き結んだ。この男は――異母兄にあたるのだろうか。

父というのは、誰のことなのだろう。小さい頃に会っていた人なのか、本当の父親なのか。

アムの困惑《こんわく》する表情を見たせいなのか、男は優しく諭《さと》すように言った。

「俺に従え」

その瞬間、アムの背骨を何か得体の知れないものが駆《か》け抜けた。なんだろう。怖い。だがアムはそれを必死に押し殺した。

「嫌《いや》だ」

男は片方の眉だけを上げ、楽しそうに笑った。

「しつけがいがありそうだな」

アムはカッとして、男に向かっていった。

「動物扱《あつか》いすんじゃねぇ！」

拳《こぶし》を繰り出すと、男はさっとよけた。手首をつかまれ、肩を押さえられた瞬間、くるりと地面に投げ飛ばされる。アムは咄嗟《とっさ》に受け身をとって、再びつかみかかった。男はそれをかわし、アムの首根っこを押さえる。

「変な真似《まね》をするんじゃない」

小径の脇《わき》に引きずり込まれ、またしても簡単に放り投げられた。

「言うことを聞け」

「嫌だ！」

アムは震えながら叫《さけ》んだ。この震えが怒《いか》りなのか恐怖なのか、もうわからなかった。

「ぜったい、お前に従ったりなんかしねえ！」

半分は自分に言い聞かせるための言葉だった。

立ち上がり、男に殴《なぐ》りかかる。しかしその拳は大きな手のひらに包まれ、代わりに男の拳がみぞおちに軽く入った。くずおれそうになるアムの体を、男が支える。

「ここではいい子にしなきゃダメだ、アム」

優しく名前を呼ばれた瞬間、なぜだか体から力が抜けそうになった。しかしアムは体を起こしざま、再び殴りかかった。またかわされる。

ここで飼い馴らされたら終わりなのだ。自由を手にしなければ。アムが母と信じる人は、そう教えてくれたのだから。

アムは跳《と》んで、男と距離《きょり》を取った。直後に駆け出して、男の懐《ふところ》に飛び込む。男の目が、わずかだが驚《おどろ》きで見開かれた。

しかし次の瞬間立ち位置は逆転して、アムは背中から覆《おお》い被《かぶ》さられていた。

「お前は基本がなってないな」

腕力《わんりょく》すらも敵《かな》わないなんて。悔《くや》しい。

男はパッと体を離《はな》した。アムの拳を右に左にとかわす。アムはハァハァと荒《あら》い息をした。

「もう終わりか？　それならこっちから行くぞ。俺の手から逃げられたら、褒《ほ》めてやる」

最後の言葉に、なぜだかドキリとした。

男は笑いながら、アムを捕まえようとする。蹴《け》りを入れたがその足を取られそうになり、大きく後ろに跳んだ。よけて、かわして、逃げて、反撃《はんげき》の隙《すき》をうかがう。次第《しだい》に息が上がってきた。だが相手は涼《すず》しい顔だ。こんなに手強《てごわ》い相手が、この世にはいる。それが兄だなんて。

しばらく無言でやり合ったが、戦闘《せんとう》態勢をとる男が突然《とつぜん》普通《ふつう》に戻《もど》った。

「やめ。もういい時間だ」

男は空を見上げた。

「風呂《ふろ》に行くぞ。……これだけ最後のほうじゃ、湯船はドロドロで入れないな」

ネクタイを緩《ゆる》める男を見て、アムは呆気《あっけ》に取られた。だが気がつけば、あたりは薄暗《うすぐら》くなってきている。

「場所はわかるだろう？　風呂に入れるのは、十九時までだ」

「えっ、ちょっと……」

男はさっさと自分の寮《りょう》へ向かう。今の時季は陽《ひ》が長い。実はもう十九時近いのではないか。汗《あせ》だくだから、風呂に入りたかった。きれいなベッドをさっそく汚《よご》したくない。

アムは慌《あわ》てて部屋に戻ったが、案の定誰もいない。同室の二人はもう食堂にいるのだろう。着替《きが》えを取って、走って風呂に駆け込むと、ここにも人はいなかった。

時計を見れば、十九時まであと十分。アムはホッと息を吐いた。五分もあれば風呂は充分《じゅうぶん》だ。するとさっきの男が大股《おおまた》で入ってきた。ジャケットもネクタイも部屋に置いてきたのか、シャツ一枚にズボンというラフな格好だ。

男は無言で裸《はだか》になると、ロッカーに服を軽く畳《たた》んで大浴場へ入っていく。アムは拍子抜《ひょうしぬ》けしながら後を追った。その背中は想像以上に筋肉質だ。羨《うらや》ましくなると同時に悔しくもなる。あれでは勝てっこない。

アムは男とは反対の洗い場に陣取《じんど》ると、頭から湯をかけて、ゴシゴシと手で石鹸《せっけん》を泡立《あわだ》てて体を適当に洗った。最後に湯をかぶって出ようとすると「ちょっと待て」と声がかかる。

「なんだよ」

アムが嫌そうに見ると、男は髪《かみ》を洗いながら自分の横を指差した。面倒《めんどう》になり、アムはため息をついてそちらに行った。

「もう少しちゃんと髪を洗ったほうがいい」

「え、洗ったけど」

「湯をかけただけだろう。お前、さっき、かなり汗臭《あせくさ》かったぞ」

臭かったと言われ、アムは大いに傷ついた。「人獣《じんじゅう》は獣臭《けものくさ》い」と言われたことは、一度や二度ではない。だから飲食店ではあまり働けなかった。その貴重な職場をこいつに奪《うば》われたのだ。

心底腹が立ってきて、アムは唇《くちびる》をきつく噛《か》むと、男の隣《となり》でガーッと乱暴に髪を洗い直した。
二、三度頭を横に振って水気を飛ばすと、男は呆《あき》れた顔をしてから噴《ふ》き出した。
「本当に野良犬だな」

「……っ、あのなぁっ……」

アムは拳を握《にぎ》りしめたが、男は素知らぬ顔で、濡《ぬ》れた髪を絞《しぼ》るように両の手のひらを額から後頭部へと滑《すべ》らせた。

「お前は速さがある。勘《かん》もいい」

男がこちらを見て、屈託《くったく》なく笑った。濡れたその顔はドキッとするくらい、爽《さわ》やかな色気に溢《あふ》れている。こんな男らしい美貌《びぼう》を持つ人に、アムは今までに会ったことがなかった。

「鍛《きた》えれば、もっとよくなる。筋がいいからな」

褒められて、喉《のど》が詰《つ》まりそうになる。何かが溢れそうになり、でもその何かがわからないまま、それを必死にこらえた。

褒められるのは久しぶりだった。仕事で怒《おこ》られこそすれ、褒められることなんてない。

「すっかり振《ふ》り回されたな。すぐ人に殴りかかるのはやめたほうがいい」

「別にいつもじゃねぇし。そっちだって全然やめねぇだろ」

アムは立ち上がった男の後について、風呂場《ふろば》を出た。着替えて小ざっぱりすると、急に腹が鳴り始める。男は楽しそうに笑うと、「こっちから行くと食堂に近い」と顎で獣道のような筋を示した。さっきよりも、もっと柔《やわ》らかい笑顔《えがお》を向けてくる。この人が、自分の兄なのか。

「……あのさ、名前、なんていうの」

暗い獣道を歩きながらアムは訊《き》いた。一応、兄の名前くらいは知っておくべきだろう。

「……エルドルフ・ヴォドリー。エルでいいぞ。あるいは、兄さまとか」

「なんか気持ち悪いんだけど」

「普通《ふつう》の呼びかけだよ。ここじゃお前たちはみんなかわいい弟分で、候補生は兄なんだ」

そういえば、委員長も「候補生の兄さま」と言っていた気がする。悪質な冗談《じょうだん》ではないとわかったものの、アムは素直《すなお》に聞くことができなかった。

自分は愛人の子だったのだ。その父親から、この男はアムの主者となるようにと命じられている。アムの心はふと沈《しず》んだ。きっと、父はこの息子《むすこ》のほうをかわいがっているだろう。結局、ひとりぼっちなのは変わらない。

「ほら、急ぐぞ。晩飯にありつけなくなる」

エルドルフに急《せ》かされ、アムは食堂に小走りで入った。席はだいぶ空いている。

「エル！　遅《おそ》いぞ！」

奥に座る金髪《きんぱつ》の男が大声を上げた。食堂内の視線がエルドルフに集中する。そして、その視線はすぐ後ろにいるアムに移った。エルドルフがアムに向く。

「あそこでトレーをもらう」

「知ってる。昨日、同室のやつに教わった」

アムはぶっきらぼうに言い、配給場所までさっさと向かった。トレーの上に、厨房《ちゅうぼう》からどんどん肉料理の皿が載《の》せられていく。アムはゴクリと唾《つば》を飲んだ。きちんとした食事ができるのは、なんだかんだでありがたい。

だがふと隣にいるエルドルフのトレーを見ると、明らかに品数が多かった。

「えっ、ずるくない？」

思わず言うと、エルドルフは苦笑《くしょう》した。

「士官用のメニューだから。それぞれに必要な栄養をちゃんと計算しているそうだ」

アムの皿とて量的に不足はなさそうだが、エルドルフのほうにはこまごまとしたおかずがたくさんついている。人間だからか。こういうのが差別なのだ。

「アム、こっちで一緒《いっしょ》に食べよう」

「嫌《いや》だ」

「命を使われたいか？　友人たちを紹介《しょうかい》する」

アムはカチンと来ながらも、爽やかに笑う男の後についていった。エルドルフが金髪の男のテーブルに進むと、座っていた若い男たちは口笛を吹《ふ》いて囃《はや》し立てた。

「おい、もうその子手懐《てなず》けたのかよ」

「変な言い方するな。アム、隣に来い」

好奇《こうき》の視線を一斉《いっせい》に浴びせられ、アムは一瞬《いっしゅん》身がすくんだ。彼らはみな「主者」だ。エルドルフほどではないが、視線にはいくらかの圧を感じる。

アムは、エルドルフと金髪の男の間に座った。男は白い制服を着ている。ということは空軍所属だ。海軍は紺《こん》の制服だったはずだから、ここにいるのは陸軍と空軍の士官だけだった。

「ムルトバ・エアロマスキだ。イヌ科と絡《から》むことはないと思うけど、よろしく」

手を差し出され、アムは反射的に握手《あくしゅ》を返した。大きな手だ。エルドルフより背が高いかもしれない。白に近い金髪のムルトバは、派手な美形だった。

「へぇ、めちゃくちゃかわいいじゃん。どんないかつい犬が来たのかと思ってたけど。俺の従者になってみる？」

「おい、あのハヤブサの子が泣くぞ」

エルドルフが食べながら、鋭《するど》い語調で言った。ハヤブサは、委員長以外にもこの学校にいるのだろうか。生徒は確か九十人ほどだと聞いているが、さすがにまだ全員の顔はわからない。候補生たちは順々に自己紹介した。昨夜、委員長から「幹部候補生の選抜《せんばつ》基準は容姿も含《ふく》まれる」と聞いていたが、確かに見た目のいい若者ばかりだ。二十三、四歳だから、自分より五歳は上だし、体格もいい。そんな彼らに観察されるように見られて、アムはうつむいた。

「あんまりじろじろ見るな。新入りが食べづらいだろう」

エルドルフが硬《かた》い声を上げた。さっきから機嫌《きげん》が悪いのか、ニコリともしない。

アムはどうしていいかわからなくなり、ガーッと皿のものをかきこんだ。柔らかく煮込《にこ》まれた肉が美味《うま》い。頬《ほお》いっぱいに詰め込んで咀嚼《そしゃく》すると、候補生たちが一斉に笑った。

「おいおい、皿に口つけて食うなよ。本当に犬みたいだぞ」

「犬じゃなくてリスなんじゃないか？」

「かわい〜」

「口の横にソースついてるぞ」

アムが慌てて手首でゴシゴシ拭《ふ》くと、また笑い声が起こった。

馬鹿《ばか》にしているわけでも、悪気があるわけでもないのだろう。だがこの砕《くだ》けた雰囲気《ふんいき》でも、彼らは明らかに育ちの良さを漂《ただよ》わせている。人獣と人という差だけではない、もっと大きな壁《かべ》のようなものを感じさせた。今まで経験したことのない、この独特の雰囲気がちょっと辛《つら》い。

「あまりからかうな」

突然《とつぜん》横から冷ややかな声がして、場がシンと静まった。急にここだけ、雨が降る直前みたいに冷え込む。どこか恐怖《きょうふ》を感じる強い圧力に、ほかの候補生が押し黙《だま》った。

「エル、これくらいでガン飛ばすなよ。らしくないな」

ムルトバが肩《かた》をすくめ、場の空気はふと緩《ゆる》んだ。

「大勢で寄ってたかって、舌舐《したな》めずりしてるからだ」

エルドルフは眉《まゆ》を寄せて、今度はアムのほうを見た。

「お前も、もう少しきれいな食べ方を学ぶべきだ。行儀《ぎょうぎ》が悪い」

アムは思わず目を伏《ふ》せた。さっきの、よくわからない眼力みたいなものの残滓《ざんし》がある。怖《こわ》い。

ムルトバが耳をほじりながら言った。

「怖がってるじゃん。だいたい、敷地《しきち》内での『睨眼《げいがん》』は規則違反《いはん》だろ」

「そんなに強く出しちゃいないが？　お前らが敏感《びんかん》すぎるんじゃないのか？」

挑発《ちょうはつ》するように言って立ち上がるエルドルフに、ムルトバはハッと呆れた笑いをこぼした。

「帝王《ていおう》サマは、これだから困るよな」

食べ終わったアムも席を立つと、エルドルフは食器の載ったトレーをアムの分まで持った。

「あ、いいって。自分でやる」

「世話されとけ」

エルドルフは正面を向いたまま言うと、トレーをさっさと返却《へんきゃく》口まで片付けた。アムの足が困惑《こんわく》で止まる。兄が弟の面倒を見ているつもりなのだろうか。

出入り口に向かうエルドルフがふと立ち止まり、アムのほうを見る。そして、眉間《みけん》に皺《しわ》を寄せながら言い放った。

「お前は、俺のものだから」

「……へ」

唐突《とうとつ》な宣言に、アムは呆然《ぼうぜん》とした。周りにいる候補生たちが爆笑《ばくしょう》する。彼らはふざけあいながら、エルドルフと食堂を出て行った。

残されたアムは一人、ぶるぶる震《ふる》え出した。なんだか強い怒《いか》りを感じる。

従わせたいのは、父から命じられたからという理由だけなのだろうか。愛人の子を隷属《れいぞく》させて、悦《えつ》に入りたいのではないか。ほかにも生徒はいるのに。

「トイレなら、ここ出て左だよ」

震えを勘違《かんちが》いした食堂のおじさんから声をかけられ、アムはぎゅっと唇《くちびる》を噛《か》んで走り出した。

「どうもっ!」


一応トイレをすませてから、アムは幹部候補生の寮《りょう》に忍《しの》び込んだ。人獣《じんじゅう》は獣の姿だと身体《しんたい》能力が上がるが、アムは人の姿でも鼻がいい。まして、夕方あれだけ取っ組み合った相手だ。

「風呂《ふろ》入った後だって、わかるんだからな」

小声でつぶやくと、アムは足音を忍ばせてエルドルフの部屋と思《おぼ》しきところへ向かった。

一言、言ってやりたい。オレは、アンタに従うつもりはないんだと。

候補生の寮は通路からして広かった。廊下《ろうか》の突《つ》き当たりでエルドルフのにおいは途切《とぎ》れている。そのそばにある白いドアを見つめ、息を整えると、アムはノックした。

ガチャリとドアが開き、兄が目を見開いた。出会ってから今までで、一番驚《おどろ》かせてやれた気がする。得意な気持ちが芽生えた瞬間《しゅんかん》、手首をつかまれて部屋に引きずり込まれた。

「お前、何しに来たんだ！　すぐ帰れ！」

小声ではあるが、結構本気で怒《おこ》っているのを見て、アムは怯《ひる》んだ。しかしそれではイカンと、勇気を振《ふ》り絞《しぼ》る。

「オレはアンタのものにはならない！」

エルドルフはそれには答えず、顔を近づけて、人差し指をアムの前に突きつけた。

「いいか。指名してもいないこの時期に、それぞれの寮に行ってはいけない。重大な規則違反だ。今回は規則を知らなかったということで、バレても軽い懲罰《ちょうばつ》で済むはずだ。すぐ帰れ」

「オレはアンタには従わない！」

「規則に従えと言っている」

「アンタがちゃんとオレの話聞いたらすぐ帰る！」

エルドルフは眉間を寄せて腕《うで》を組んだ。

「オレは誰《だれ》のものにもならない！　ていうかオレはモノでもねえし、オレはオレのものだ！」

エルドルフはこくこくとうなずくと、無言でアムを部屋から押し出そうとした。

「ちょっ、ちょっと待てよ！　なんか言うことねぇのかよ！」

「明日《あした》言う」

「なんでそう一方的なの!?」

エルドルフは口を一度引き結んだ。

「……確かに、お前の言うことは正しい。お前は誰のものでもない。だが、お前は従者の性質を持っている。だから嬉戯《きぎ》をしないと、いずれひどい睡眠《すいみん》障害や精神不安が出てくる」

エルドルフはアムの目の前を塞《ふさ》ぐように立った。背中にドアが当たる。アムはキッとエルドルフを見上げたが、向こうの瞳《ひとみ》は静かだった。

「きぎ？　……ってなんだよ」

エルドルフは目を点にしたが、すぐに笑顔《えがお》をつくった。

「お互《たが》いの信頼《しんらい》に基《もと》づき、主従の関係をより深める行為《こうい》だ。二人で取り決めして、従者は命じられたことをこなしていく。主者はそれを褒《ほ》める。心身の健康のために必要なことなんだ」

アムは顎《あご》を上げて鼻で笑った。今度こそ、絶対に打ち勝ってやる。

「じゃあお得意の命ってのを出して、今すぐオレをこの部屋から出してみろよ」

「お前はまだ正式な命を知らないだろう。よく覚えておけ。『佇立《ちょりつ》』はその場で止まる、『跪拝《きはい》』はひざまずく、『一揖《いちゆう》』は礼、『割座』は尻《しり》をつけて座る。部屋から出るのは、『中座』だ」

「いっぺんに言われても覚えられないいんですけどー」

「《割座》」

形のよい唇から吐息《といき》のように漏《も》れた言葉は、すとんとアムの中に入って落ちた。

気がつくと、尻をぺたんとつけて座っている。

「……え？」

手品を見せられた気分だった。抗《あらが》うと決めていたのに。

「も……もう一回！」

アムは立ち上がって、エルドルフの襟元《えりもと》を握《にぎ》りしめた。

「人の胸《むな》ぐらをつかむな」

「今のは不意打ちだったから！　もう一回！」

「《割座》」

ヒュッと座ってしまう。

「《一揖》」

今度は自然と頭を下げたくなる。強い動悸《どうき》がした。

耳から、肌《はだ》の毛穴から、エルドルフが入ってくる。

一揖。一揖。一揖。

頭の中がこの男の声と言葉で埋《う》まっていく。すべて支配される。嫌《いや》だと思う一方で、その笑顔が胸に詰《つ》まる。

荒《あら》い息を吐《は》いて、アムは頭を下げた。それからゆっくりと顔を上げると、目の前にエルドルフの心配そうな顔があった。しゃがみこみ、アムの頬に手を添《そ》えて、じっと見つめる。

「気分は悪くないか？　アム」

心配してもらえるのは、素直《すなお》にうれしかった。小さく首を振ると、エルドルフはホッとしたように笑い、アムの頭をわしわしと撫《な》でた。

「よくできたな」

その瞬間《しゅんかん》、胸の中で何かがぶわっと開いた。

「やっぱりお前は優秀《ゆうしゅう》な従者だ。主者が覚えろと言うことを、一瞬でものにできる。さすがだ」

胸の内から突き上げる、激しい喜び。自分でも、こんな気持ちはおかしいと思う。でも自分はもっといろんなことができると見せてやりたい。それでこの人にもっと褒められたい。

アムが揺《ゆ》れる目で見つめると、エルドルフもまた目つきが変わっていた。口元は笑った形のまま、琥珀色《こはくいろ》の瞳だけがとろりと異様な熱を帯びていた。

「もう少し、俺の言うことが聞けるか？」

アムはこくんとうなずいた。頭の中がぼうっとして、ふわふわのベッドにいるみたいだ。

「昔、何か、怖いこととか辛《つら》いことがあったりしたのか？　だから覚えていないのか？」

アムは目の前の兄をぼんやり見つめた。

「母さんが……どこかに連れていかれて……オレ、何もできなくて……」

無防備な心に、突然《とつぜん》幼い頃《ころ》の恐怖《きょうふ》が鮮烈《せんれつ》に蘇《よみがえ》る。目が自然に潤《うる》み、体が震えてきた。

「いいよ。やっぱり無理に思い出さないでいい。ここは大丈夫《だいじょうぶ》。俺がいるから」

エルドルフはアムの頬《ほお》に手を当てて、優《やさ》しく言い聞かせた。途方《とほう》もない安堵《あんど》が広がる。

「口を開いてごらん」

言う通りにすると、エルドルフは口の中を覗《のぞ》きこんだ。指で犬歯をなぞられ、舌を触《さわ》られる。

「歯並びはいいな。だが念のために、今度医師に診《み》てもらおう。歯は大事だからな」

「……ここ来る前、全部検査された。きれいだって」

「そうか。それなら安心だな」

アムは大きく息を吐きながら目を瞑《つぶ》った。気持ちがいい。低い声が。長い指が。どこか懐《なつ》かしいにおいが。どうしてこんなに気持ちがいいんだろう。

「こら、耳を出しちゃダメだ」

極度に気持ちが緩《ゆる》んだせいか、獣の耳が出ているらしい。

「出ないよう訓練しないといけないな」

獣の耳が出ていても、人の耳がすぐ引っ込むわけではない。耳が四つあると、気持ち悪がる人間も多かった。しかしエルドルフはアムの頰を両手で挟《はさ》み、昏《くら》く光る目で見つめた。

「でも、俺と二人だけの時なら構わないよ。……かわいいから」

この瞬間から、アムの体はアムのものではなくなっていた。

「しっぽは出てるのか？　見せて」

アムは立ち上がってズボンを脱《ぬ》ぎ、後ろを向いて下着を少し下ろした。ふさふさした銀の毛がするんと現れる。犬の感情を表すそれは、自然と左右に揺れていた。

「いいしっぽだ。やっぱり、イヌ科は最高だよな」

この人獣の証《あかし》を褒められたのは初めてだ。密《ひそ》かに誇《ほこ》りを持っていた場所を褒められて、しっぽはちぎれんばかりに振られていた。

「座って、こっちを向いて脚《あし》を開け」

魔物《まもの》に魅入《みい》られたような気持ちで、穿《は》いていたものを脱ぎ捨てる。アムはしっぽで前を隠《かく》しながらエルドルフのほうを向いた。頬を染めながらしゃがみ、脚をゆっくり開く。しっぽで大事なところを隠したままでいると、エルドルフが噛んで含《ふく》めるように言った。

「恥《は》ずかしいところも、すべて曝《さら》け出すんだ」

アムはためらった。全部見せてしまいたいという気持ちを、理性の声が邪魔《じゃま》をする。

何をやっている？　こんなの、オレじゃない。

「どうした？　強い命がなければできないか？」

エルドルフが静かな、しかし重い期待を込めてアムの目を見つめた。琥珀の瞳が、星のように輝《かがや》いている。

「あ……は……恥ずかしい」

「《曝露》」

その言葉に抗えず、アムはしっぽをどかした。後ろに手をついて、股間《こかん》を見せつけるように大きく脚を開く。アムの性器は、いつのまにか震《ふる》えるように勃《た》っていた。

「よくできた。いい子だ」

その言葉が脳髄《のうずい》に染《し》み渡《わた》り、強く光って、恍惚《こうこつ》とした境地を生み出した。

「あ……あ……」

アムはビクビクと動いた。気持ちがいい。快楽の神経を直接、愛撫《あいぶ》されているみたいだ。触られてもいないのに先端《せんたん》は濡《ぬ》れそぼち、胸の先までがチリチリと勃つ。

「あ……もっと……」

しかしエルドルフは痴態《ちたい》から目を逸《そ》らすと、口元を片手で覆《おお》い、大きく息を吐いた。

「終わりだ」

アムはその言葉が理解できなかった。床《ゆか》に尻をついて腿《もも》の裏側に手を添えると、さらに大股《おおまた》を広げた。頭をドアに預け、背中を大きく丸めて、赤ちゃんがおむつを替《か》えられる時のように尻の穴までを晒《さら》す。風呂場《ふろば》でも見えない、一番恥ずかしいところだった。

激しい動悸がする。恥ずかしさの分だけ、褒められる時のことを想像すると震えがくる。溢《あふ》れる歓喜《かんき》の予兆で溺《おぼ》れそうだ。それが苦しい。この苦しさも、もはや悦《よろこ》びだった。

だがエルドルフは目を逸らしたまま、呻《うめ》くように「まずいな」とつぶやいた。

「もういいんだ。終わりだよ。よくできたね。偉《えら》かった」

エルドルフに優しく引き寄せられ、ぎゅっと抱《だ》きしめられる。アムは大きな体に覆われて、これ以上ないほどの多幸感に包まれていた。

「オレ、偉かった？」

「あぁ、偉かった。今まで、よく一人でがんばってきた……」

抱きしめられ、背中をトントンされる。夢見心地《ごこち》だったアムの瞳はとろんと蕩《とろ》けて、瞼《まぶた》は自然と下がっていった。

目を覚ますと医務室だった。窓の外は既《すで》に明るい。昨日どうやってここまで来たのか、まったく記憶《きおく》になかった。というか、エルドルフの部屋に入ってからのことが曖昧《あいまい》だ。

そっと医務室を抜《ぬ》け出そうとすると、「こら〜どこへ行く」と声がかかった。保健医だった。三十代と思《おぼ》しきこの眼鏡の男、しゃべり方や雰囲気《ふんいき》がどうにも緩い。

「気分は悪くない？」

「いいです」

保健医はアムの下瞼を押し下げて目を診ると、手首で脈をとったり首筋に手を当てたりして体調を確認《かくにん》した。

「うん、具合はよさそうだね。顔色もいい」

久しぶりに、ものすごく深く眠《ねむ》った気がする。いつになくすっきりした気分だった。

「運動場十周程度なら問題なし。担任に伝えておくよ。これぐらいの懲罰《ちょうばつ》で済んでよかったね」

「えぇっ!?」

「そりゃそうだろう、君。勝手に候補生の寮《りょう》に入っちゃダメだよ。今回は知らなかったっていうことだから、しょうがないけど。反省文がないだけいいじゃない」

アムが呆然《ぼうぜん》としていると、「嬉戯《きぎ》をしたことは黙《だま》っておいたよ」と言われた。

「最後まではしてないだろう？　申し訳ないが、確認はさせてもらった」

言われている意味がよくわからずにいると、保健医の男はニヘッと笑った。

「まぁいい。君はヴォドリー少尉と会った最初の時に昏迷《こんめい》して意識を失ったそうだからね。彼はやたら心配してたよ」

「なんですか？　こんめいって？」

聞き慣れない単語に眉《まゆ》を寄せると、保健医は「あちゃ～」と情けない顔をして、アムを壁《かべ》の前に連れていった。

壁のポスターには、人間と、獣《けもの》の耳としっぽを生やした人獣らしき二人一組のシルエットが数パターン描《えが》かれ、いろいろな用語の説明がある。

ケモ耳の絵で昨夜の記憶が蘇《よみがえ》りそうになったが、保健医の説明ですぐにかき消えた。

「ほら、ここ。『昏迷』ってあるでしょ。主従関係が深まっていないところで極端《きょくたん》に強い命を浴びせられたりとか、厳しい行為《こうい》の後に褒《ほ》められないまま放置されたりすると、具合が悪くなる。『昏迷域』に入ってしまうんだ。その中でも意識を失うのは、かなり強い症状《しょうじょう》」

あぁ、それで自分は具合が悪くなったのか。エルドルフに捕《つか》まった時になぜ倒《たお》れたのか、ようやく理解できた。

「その逆は『悦域《えついき》』だ。この主者にならい、身を任せていいと思った時になる。僕にはわからないが、すごく気持ちがいいものなんだろう？」

そう訊《き》かれて、アムはキョトンとした。

「昨日、ヴォドリー少尉がここに運んできた時、君、もう悦域に入りすぎて寝《ね》てたけど。てっきり事後かと思って焦《あせ》ったよ。よかったねぇ、相手が彼で。自制心がある。ここでは悦域に入るまでしちゃいけないんだよ、本当は。お互《たが》い抑《おさ》えが利《き》かなくなって、最後までしちゃったりするからね。指名後ならともかく、今はまだ、さすがになぁ」

アムは話の途中《とちゅう》からよく聞いていなかった。昨日の記憶が断片的《だんぺん》に蘇ってきたのだ。耳としっぽがかわいいと言われ、ズボンを脱いで、それから……それから？

アムは真っ赤になった。思い出したくないと脳が拒否《きょひ》しているのに、勝手に映像が流れてくる。兄の熱い眼差《まなざ》し。その前で、自分は脚を広げていた。

「わ〜〜〜っっ！」

「話を聞きなさいね」

頭を抱《かか》えるアムの背中を、保健医はピシッと叩《たた》いた。

「なぁに？　やっぱりそれなりのことをしたか」

「パンツ脱いでケツまで見せたりした……」

保健医はハハハと笑い、『基本的な命の例』というところを指した。

「それ、『曝露』。学校では禁止されてるから」

——あいつ、オレには規則違反《いはん》だから帰れとか言って、自分は禁止の命を出すのか。

怒《いか》りが湧《わ》いてきた。昨日、あんなにグダグダになってしまったのも、自分の意思とは関係ない。本能のなせる業《わざ》である。やはりあの男は、こちらのなけなしの尊厳まで奪《うば》い、服従させようとしているのだ。許しがたい。

「基本的には、主者に対しての禁止事項《じこう》が多いから、よっぽどのことがない限り、生徒の君たちは罰《ばっ》せられないんだけどねぇ」

「禁止事項って……あっ、『げいがん』とかいうやつは？」

「『睨眼』？　禁止だよ」

保健医はポスターの一箇所《いっかしょ》をぴっと指した。

「一種の暴力行為だからね。自分の従者を取られないように周囲を強く威嚇《いかく》すること。はっきりとはわかってないけど、何かが発散されてるんだろうね、主者の中での力競《ちからくら》べみたいなもん」

これも昨日、あいつは食堂でやっていなかったか。規則破りばかりじゃないか。

憤懣《ふんまん》やるかたないアムは、また耳としっぽを無意識のうちに出していた。

「耳としっぽを出さない訓練、しないとねぇ」

保健医はため息をついて腕《うで》を組み、「二時限目は特別に保健の授業にします」と言った。

「君には基本的知識が必要だね。それがない状態で、候補生と演習なんてさせられないよ」

朝食はこの保健の先生が持ってきてくれるという。アムはふかふかのベッドに潜《もぐ》り込むと、くるりと丸まった。兄の手にまんまと堕《お》ちてしまった自分のふがいなさと、昨夜の快感の記憶。それが入り交《つ》じって、やり場のない怒りがムカムカと湧いて出てくる。

アムは筒にした手の中に、ふさふさのしっぽの先をしゅるりしゅるりと通した。こうすると気分が落ち着くのだ。小さい頃《ころ》からの癖《くせ》だった。

二時限目、アムは運動着に着替《きが》えて運動場へと向かった。広い運動場には、イヌ科の生徒と陸軍幹部候補生が向き合う形で並んでいる。

候補生は、伸縮性《しんしゅく》の高い生成りのニットTシャツにカーキのズボン、編み上げのブーツという格好だった。Tシャツは上半身にぴったりと沿うもので、鍛《きた》えられた体がよくわかる。みんな背が高い。一方、生徒たちも大柄《おおがら》な者は多く、その中でアムはだいぶ細身だった。

アムが列の一番端《はし》に並ぶと、みんなの視線が集まった。候補生たちは好奇《こうき》の眼差しだが、同級生たちからは冷ややかなものを感じる。エルドルフと目が合うと、彼はニコッと笑った。

――あんなことしておいて、よく笑えるよな。

ちょっと異常者なのではないか。ゾゾッとしていると、教官が演習の説明を始めた。

これから行われるのは、いわばゲームだ。候補生と生徒で二人一組となり、候補生につけられたリボンを多く取れたペアの勝ちになる。

候補生が命を出すのは禁止で、防御《ぼうぎょ》に徹《てっ》しなければいけない。ゲームの場所はこの運動場と、巨大《きょだい》な空き倉庫が並ぶ第二演習場だ。演習場は四つの区域に分けられ、三十分ごとに空砲《くうほう》が鳴らされて一つずつ閉まる。最終的には運動場に集まらなければいけない。

候補生が黒い紐《ひも》をタスキがけにして、背中に赤いリボンをつけた。リボンは強く引っ張れば、取れるようになっている。

教官が名前を読み上げ、二人一組に割《わ》り振《ふ》った。アムは謎《なぞ》の引き合わせでエルドルフと一緒《いっしょ》になるのではないかとドキドキしていたが、相手となったのは地味な印象の候補生だった。

「よろしく。トージ・コグレだ」

　エルドルフと同じ黒髪《くろかみ》だが、瞳《ひとみ》は茶色く、彼のように人の目を惹《ひ》きつける華《はな》やかさはない。とはいえ、よく見ると顔は整っていて、多くの人に好感を与《あた》えるだろうと思えた。

「アムって呼んでください。オレ、入ったばっかで、よくわからないことだらけで」

　すぐ出てくけどな、と心の中で付け加えた。

「知ってるよ。君、有名人だから。途中から入るっていうだけでも珍《めずら》しいのに、陸軍大臣閣下の後押しなんだろ？」

「はぁ。でも会ったこともないんですけど」

「そのうち会うんじゃない？　彼のお父上だから」

「えっ」

　トージの視線の先にはエルドルフがいた。あいつの父……ということは、自分の父親でもある。アムは愕然《がくぜん》とした。本当の父親は、陸軍大臣だったのだ。だからここに入れられたのか。

　エルドルフはペアになった生徒と話をしているが、時折強い視線を送ってくる。トージはその様子を見ながら、アムの耳に口を寄せた。

「うわ、怖。噂《うわさ》になってるからな。帝王《ていおう》の飼い犬には手を出すなって」

「帝王……」

　なんだ、その恥《は》ずかしい二つ名は。

「生徒側が呼び始めたんだよ。完璧《かんぺき》だからな。彼に選ばれたいって子は多い」

「はぁ」

あいつの飼い犬になるなんて御免《ごめん》だ。だいたい異母兄弟なのだが、それは知られていないらしい。でも父がその立場なら、おおっぴらになるのはきっとまずいのだろう。

「……候補生と生徒って昔から知り合いなんですか？」

「何年も前から、生徒の演習を見学する機会は設けられてるんだ。でも交流できるのは最終年次からだからさ。それで君、突然《とつぜん》来ただろう？　気になってるやつらは多い」

「トージも？」

アムが眉を寄せると、トージは明るく笑った。

「まぁね。顔もすごくかわいいって一日で広まってたし。でも昨日、ヴォドリーはさっそく君と食事して、周りのやつをめちゃくちゃ牽制《けんせい》したって聞いたけど」

噂が回るのが早すぎだろ、とアムは思った。しかも、もうお手つきみたいになっているのが癪《しゃく》に障《さわ》る。

トージの話しぶりからは、エルドルフと特段仲がいいという印象はなかった。「帝王」の取り巻きではない候補生と親しくなっておくのもいいだろう。

「オレ、特別なことはできないけど、足の速さは自信あります。この演習はおもしろそう」

「よし。こういうのは初動が肝心《かんじん》だ。途中でリボンを取られても、最初にある程度取っておけば高順位を狙《ねら》える。このゲームは多く獲《と》ったやつが勝ちだから。最後まで残る必要はない」

トージの目に、ギラッとした昏《くら》い力が宿った。主者の本能が濃厚《のうこう》に漂《ただよ》うのを感じる。

「ゲーム開始直後、アムは単独で動いて、できる限り獲物《えもの》を奪取《だっしゅ》。俺は一番北にある、三番倉庫の二階奥に向かう。五本も取ったら充分《じゅうぶん》だろうから、時間内には倉庫に来てくれ。合流だ」

「二人一組で動かなくていいの？」

「ルール違反として明示されていない限り、いいってことだろ？」

「そういうもんなんですか？　でも一人で大丈夫《だいじょうぶ》？」

「あぁ。絶対見つからない場所にいる。俺は情報部所属なんだ。対象地域の徹底《てってい》した下調べは鉄則だからな」

候補生は既《すで》に少尉《しょうい》の階級で軍に所属しているが、この寮《りょう》に入って軍務の合間に生徒たちとの演習もこなしている。この人と仲良くなっておくと、学校脱走《だっそう》の時に役立ちそうだ。

「わかった。トージを信じるよ」

トージが笑って片手を挙げた。その手にパンッと手を打ちつける。

開始時間十五分前となった。何もない運動場に残る者はおらず、みな第二演習場へ向かう。いつのまにか、トージの姿は見えなくなっていた。

アムはぶらぶら歩き、ほかの者の位置をそれとなく確認《かくにん》した。空砲が鳴り、演習の開始が告げられる。その瞬間《しゅんかん》、アムは目をつけていたペアに向かって猛然《もうぜん》と走り出した。直前まで話していた二人は、アムが単独でいることに一瞬困惑《こんわく》の顔をした。アムを阻止《そし》しようと、生徒が向かってくる。それを軽いフットワークで切り抜《ぬ》け、背中を見せまいとする候補生からリボンを取った。

近くの空き倉庫の一つに入り、二階に上がる。窓から身を乗り出し、配管を伝ってひょいひょいと登った。建物の屋上に出て地上を見下ろすと、細い通路に別のペアがいる。

アムは音を立てないように注意しながら、配管を手がかりに降り、最後は壁《かべ》を走る形で候補生の真後ろに着地した。

「なっ……」

振り返った候補生が驚《おどろ》きの声を上げる。その時、アムの手には既に二つ目のリボンが握《にぎ》られていた。

無線が響《ひび》き、リボンを取られた候補生の名前が三人読み上げられる。その中には、アムが開始直後に取った分が入っているだろう。今取った分と、自分たちを抜いて、あと二十五組か。

アムは屋上から得た情報をもとに走り、別のペアの前に回り込んだ。

「逃《に》げるぞ！」

相手の候補生がペアの生徒に声をかける。だが大柄な生徒は指示を無視し、アムを捕《つか》まえようと向かってきた。それを身をかがめて抜き、跳《は》ねるように走り出して候補生の背中を追う。彼らの足の速さはたかが知れている。人間だから。

三本目のリボンを取ると、アムは倉庫の中に入った。偶然《ぐうぜん》出くわした別のペアからも、リボンを奪《うば》う。約束の五本には足りないが、時間との兼《か》ね合いもある。四本ならまぁいいだろうと、アムはトージのいる三番倉庫へ入った。

「……トージ？」

二階は見通しのいい、ガランとした空間だった。誰《だれ》もいない。もしかして移動したのか。

階段を下りようとした時、ガタンと音がした。振り返ると、誰もいなかったはずのところにトージが立っている。アムは思わず駆《か》け寄った。

「えーっ、どこから出てきたの⁉」

「ん、内緒内緒《ないしょ》。リボンは？」

「四本。一本足りなくてごめん」

「いや、いいよ。上出来だ。すごいな」

トージがポンッとアムの頭に手を置く。褒《ほ》められるとくすぐったい気分になった。でもエルドルフに褒められた時の、どこかに落ちていくような強烈《きょうれつ》な快感はない。

トージは周りを警戒《けいかい》しながら階段を下りた。

「さて、俺は別区域に移りたいところだが、残るは十八組だ。あと二本くらい取れれば、充分上位を狙えるかなと思うんだが……」

出口に素早《すばや》く目を配りながら、アムは小声で言った。

「なんか、人がいる気配がする」

トージは「向かいの倉庫に逃げ込むぞ」と言った。

「オレ、リボン取る」

「了解《りょうかい》」

二人で同時に飛び出すと、生徒が角を曲がるのが見えた。トージが倉庫に駆け込むのを横目で確認しつつ、アムは生徒を追った。ペアの候補生がいるはずだ。しかし、後ろから複数の足音がする。振《ふ》り返ると、二人の生徒がいた。また気配がして振り向くと、別の二人。計四人に取り囲まれて、アムは混乱した。なぜトージを追わないのか。一人が険しい顔で言った。

「候補生と離《はな》れて動くなんて、ルール違反《いはん》だろ」

「トージの指示だ。それに禁止されてるわけじゃない」

「じゃあ、お前の持ってるそのリボン、もらっても違反にはならないよな？」

アムは言葉に詰《つ》まった。素早く目を左右に走らせる。だがさすがに四人に囲まれては、逃げるのは無理だ。リボンを急いでポケットに突《つ》っ込んだ瞬間、ワッと飛びかかられた。

寄ってたかって押さえつけられ、リボンを奪われる。アムは腕《うで》を振り回して暴れた。何発かが相手の体に入り、ほかのやつが反撃《はんげき》してくる。しかし複数対一人では勝ち目がない。アムはうずくまった。

「おい、やめろ！」「やりすぎだ！」

離れたところで見ていたのだろう、それぞれのペアの候補生が走り寄ってくる。そこに鋭《するど》い声が響いた。

「《佇立《ちよりつ》》！」

一瞬、エルドルフかと思った。だがアムは動ける。反対に、周りにいた生徒たちはパッと動きを止めた。苦しげに眉《まゆ》を寄せて、突っ立っている。

「アム、大丈夫か⁉　怪我《けが》は⁉」

駆け寄ってきたのはトージだった。

「大丈夫……」

アムはトージの手を借りて立ち上がった。周りにいた候補生の一人が呆《あき》れた声を上げる。

「トージ……命使うなよ。解除して」

「あっ、悪い」

トージは焦《あせ》った顔で「《直れ》」と言った。生徒たちの体から、ふっと力が抜けたようになる。候補生たちはアムを心配し、ペアの生徒がしたことを謝った。一人がトージに向き直る。

「お前にも、悪かったな」

「あぁ。でも失格は失格だな。アム、リボン外してくれ」

アムは目を見開いた。そういえば、命を使ったらその時点で失格だ。

「でもでもでも、こいつらオレたちのを盗《と》ろうとしたんだ！」

アムの抗議《こうぎ》に、トージは苦笑《くしよう》した。

「それも作戦のうちだろ。でもアムはよくやったよ。怪我がなくてよかった」

トージは今しがた命を放った生徒たち一人ひとりに謝り、具合を確認した。声をかけられたやつらは、トージに心配されてまんざらでもなさそうだ。

完全に腹が立ち、アムはどすどすと足を踏《ふ》み鳴らして運動場へと向かった。

「……で、なんでアンタもいるの？　優勝したくせに」

放課後、アムは眉間《みけん》に皺《しわ》を寄せたまま言った。今日、最も多くリボンを取ったのはエルドルフの組だ。そのエルドルフが足首を回し、準備運動をしている。

「なんで……って、お前のせいだぞ。昨日お前が俺の部屋に来たのは、俺が食堂に置き忘れたハンカチをお前が届けにきたから、という話にしている。注意したら具合が悪くなったから、医務室に運んだって筋書きだ。でも忘れ物をした俺も五周走ることになった」

アムは寮への侵入罪《しんにゅう》で十周だ。演習で命を使ったトージも十周が科せられている。

「へぇ、昨日、ヴォドリーの部屋に行ったの？」

トージに訊《き》かれ、アムは少し黙《だま》ってから小さくうなずいた。

「俺に文句を言いたかったんだよな？」

エルドルフはアムの肩《かた》に馴《な》れ馴れしく腕を回して、からかうように言った。

「やめろよ」

アムは乱暴に腕を払《はら》った。また昨日のことを思い出しそうだ。苦笑するトージを見て、アムはその横にぴとっとくっついた。この人のほうがよっぽど兄貴らしい。

エルドルフは興をそがれたような顔をして走り出した。トージもそれに続く。アムはトージの隣《となり》で走った。今日は一日駆けずり回った気がするのに、その上十周はキツい。驚異的《きょうい》な速さで五周をこなしたエルドルフは、端《はし》に座って二人が走るのを眺《なが》めている。

「なんでアイツ、帰んねーんだよ……」

アムが毒づくと、横を走るトージが「アムが終わるの、待ってるんじゃない？」と言った。

「先に走れよ。俺、さっきから視線がビリビリ痛いんだけど……明らかにガン飛ばされてる」

「それじゃ、オレ、あいつのせいで誰とも仲良くなれないじゃん！」

「生徒同士なら平気なんじゃない？」

「同じクラスのやつと仲良くなれる気がしない」

今までロクな目には遭《あ》っていないけれど、あんなふうに集団で襲《おそ》われたことなんてない。

これまで人獣《じんじゅう》に対しては仲間意識があったが、ここでは逆だ。

小さい頃《ころ》に、黒い犬の人獣と山の中で遊んだ記憶《きおく》がうっすらある。だから、同じイヌ科の生徒とも、なんだかんだでそのうち仲良くなれるのかなと思っていた。でも人獣だから、人だから、なんて関係ないのだ。

アムはギッと奥歯を噛《か》んだ。自分の甘さ、そして自分の中にも人に対する偏見《へんけん》があることを思い知らされた気分だった。悔《くや》しさを走る力に変えて最後の三周を爆走《ばくそう》し、ハァハァと息をしていると、エルドルフが隣にやってきた。

「帰るか」

アムは額の汗《あせ》を拭《ぬぐ》い、あと二周を残すトージを見た。エルドルフと二人きりになると、昨日のぐずぐずになった自分を思い出してしまい、いたたまれない気分になる。

「オレはトージが走り終えるまで待ってる。だって、オレを守ったからこうなっちゃったんだ」

「聞いたぞ。俺もその場にいたら、たぶんコグレと同じことをしていたと思う」

アムは返事をせず、走るトージをただ見つめていた。

あの時、トージの命は自分には効かなかった。なんでエルドルフの言うことだけは聞いてしまうのか。そんな自分に苛立《いらだ》つ。エルドルフがつぶやくように言った。

「……お前と組みたかった。お前にリボンを取られたやつは、お前の動きをみんな褒めちぎってたぞ。さすがだな。俺も見たかった」

その言葉にはどこか悔しい響《ひび》きがあって、アムは少し戸惑《とまど》った。

この戸惑いは——湧《わ》き上がるうれしさを、無理に抑《おさ》え込んでいるせいだ。

昨日は、この人から褒めてもらいたいと、ひたすら願ったくせに。

「……昨日のこと、悪かった。あそこまでさせるつもりはなかった」

アムは背の高い兄をチラリと見つめた。すぱっと謝られると、それ以上責めることはできない。エルドルフは少しうつむいて腕組《うでぐ》みした手をずらし、思案するように自分の顎《あご》に当てた。

「俺も……理性が吹《ふ》っ飛んで、一瞬夢中になったんだ、あの時」

いつも偉《えら》そうなくらい堂々としていて、寸分の隙《すき》もなく振る舞《ま》っている男が、夕暮れの中で少し暗い影《かげ》を落とした。この人も主者の本能に引きずられたのか。アムの心にチクリと棘《とげ》が刺《さ》さった。

さっきの褒め言葉も、自分が従者だから、という理由へと急速に還元《かんげん》され、色褪《いろあ》せていく。湧き上がるうれしさも、本能なのだ。だったら、このうれしさは、まがいものだ。

トージが走り終わった。アムはエルドルフを振り切るように、小走りで向かった。

「あのさ……言い忘れてたけど、今日は、ありがとう。かばってもらえて、うれしかった」

トージは少し驚《おどろ》いた顔をしてから笑い、アムの頭にポンッと手を置こうとした。しかしその手は止まり、笑顔《えがお》のまま手を引っ込めた。視線の先に、エルドルフがいた。

「コグレ、俺からも礼を言う。アムのこと、ありがとう」

エルドルフがいつもの調子で爽《さわ》やかに言った。夕陽《ゆうひ》を浴びるその顔に、さっきの暗さはまったくない。

なんでこう、自分の所有物であるかのように振る舞うのか。また腹が立ってくる。

「いや……アムががんばったのに、失格になっちゃったのは俺のせいだよ」

トージがへらへら笑う。アムはその腕を取って抱《だ》きつき、「でもあのままいってたら、絶対優勝してたよね、オレたち」とエルドルフに当てつけるように言った。

「ねぇ、トージ、これから風呂《ふろ》行く？」

エルドルフはまっすぐ前を向いて、二人のやりとりなどまるで眼中にないもののように歩き出す。アムは俄然《がぜん》調子づいた。帝王《ていおう》だかなんだか知らないが、すべて自分の思い通りになると思っていたら大間違《おおまちが》いである。それにトージと仲良くなって、秘密の通路を教えてもらいたい。

「一緒《いっしょ》に風呂入ろうよ！」

「えっ、あ……うん」

トージはエルドルフの背中に目をやりつつ、曖昧《あいまい》な顔で笑った。

座学と、生徒たちだけでの演習を繰《く》り返してひと月が経《た》った。

来月には実技と筆記試験がある。同室の二人は部屋の真ん中にある大机でずっと勉強しているから、アムも一緒に座ってはいたが、教本を見ても全然頭に入らない。それでも一応パラパラめくって、図のあるページを眺めていると、キューちゃんが机に突《つ》っ伏《ぷ》した。

「全然わからない……」

委員長が「なになに？」と覗《のぞ》き込む。

「海図のパターンか。僕は習わないな。もうこの年次じゃお互《たが》い専門すぎてわからないね」

「実際泳いでみればわかるんだけどなぁ」

「キューちゃん、実技いいもんな。僕なんか、全然ダメだもん……あ〜、こんなんじゃ、あの人に選んでもらえないよ……」

小柄《こがら》な委員長が膝《ひざ》を抱《かか》えて座り、頭を埋《うず》めた。そうすると、本当にちんまりと小さくなる。

「そんなに大事なの？　試験」

アムの素朴《そぼく》な問いに、委員長がバッと顔を上げた。

「大事だよっ!!　僕は筆記で満点を狙《ねら》わないとダメなんだ！　実技がいまいちだからさ。スピードがないんだよ。ハヤブサなのに……」

キューちゃんが横から補足する。

「トリ科って、ガチガチの成績主義なんだよ。でもウミ科の兄さんたちって、僕らの成績気にする人はあんまりいなくてさ、どの海獣《かいじゅう》の世話をしたいかで、指名する生徒は早いうちに決めてるから。トリ科は容赦《ようしゃ》なく成績で決めるよね。冷たいよなぁ」

「ウミ科の人なんて、オタクばっかりじゃないか！　海獣オタクだろ！」

「オタクって言うな！　イルカ好きに悪い人はいない！」

「変人ばっかりだろ！」

試験のプレッシャーに潰《つぶ》されそうな委員長と、勉強をもうしたくないキューちゃんが、どっちの候補生のほうがかっこいいかで言い合いを始める。

それを見ながら、アムは自分のいるクラスのことをぼんやり考えていた。

彼らをひと月観察していてわかったのだが、イヌ科には厳然とした階級がある。リーダー的存在がいて、次がその取り巻き、さらにその下に大勢がいる。それは候補生も同じだった。もちろん、頂点にいるのはエルドルフだ。

それなのにエルドルフは、底辺のアムにちょこちょこ話しかけてくる。それがクラスのリーダー的存在の癇《かん》に障《さわ》ったらしい。これまではエルドルフと仲がよかったらしいのだ。

アムは相変わらずクラスから孤立《こりつ》していたが、あまり気にしないようにしていた。委員長やキューちゃんがいるし、二人を通じてトリ科やウミ科の連中とも仲よくなった。そうなると、居心地《いごこち》はそこまで悪くない。どうせあと一年しないで卒業なのだから、このままここにいて、卒業のタイミングでサッと消えるというプランも最近は考えるようになった。試験の成績が悪すぎて退学になるなら、それでも別にいい。

「指名ねぇ……」

アムがつぶやくと、「もちろん、成績だけじゃなくて相性《あいしょう》も大事だよ」と委員長が言った。

相性というのは、主従の関係がうまくいくということなのだろうか。エルドルフの顔が頭の中にぽわんと浮《う》かび、アムはそれをしっぽではたいて消した。

「アムはさ、見た目もいいからいいね。なんだかんだ、見た目が大事って候補生もいるしさ」

自分の外見をあまり気にしたことがなかったが、委員長には大事なことなのだろう。

「オレから見たら、委員長はめちゃくちゃかわいいと思うけど」

「うーん……そうかな。でも、指名してもらえるように、がんばらないと」

委員長が気合いを入れなおし、再び机に向かった。


翌日は、初めて命の実践《じっせん》をする演習だった。生徒と候補生が大きく二重の輪をつくり、外側に候補生が、内側に生徒が並ぶ。合図とともに簡単な命が放たれ、終わったら一つずれて、別の候補生と同じことをする。

アムは少し緊張《きんちょう》していた。エルドルフ以外に、自分を従わせることのできる候補生はいるのだろうか。

だが演習が進んでも、そこまで強制力を感じる候補生はいなかった。従いたくはなるものの、あの有無《うむ》を言わせないような強さとは違《ちが》う。しかしさすがにアムも空気を読み、積極的に命に従った。でもこれは結局、自分の意思で自分の体を動かしているに過ぎない。

いよいよ次はエルドルフだ。アムの心に反抗《はんこう》の火が灯《とも》った。こいつの命にだけは従わない。

それで恥《はじ》をかかせてやる。アムは内心、ケヘヘと暗い笑い声を上げた。

彼はいつものように隙のない完璧《かんぺき》な笑顔で、自分のもとへやってくるアムを見ている。

「《佇立《ちょりつ》》」

歩いている途中《とちゅう》に命を出され、アムの足が思わず止まった。だがアムだけではない。今しがたエルドルフに命を受け、次の候補生のもとへ行こうとしていた隣《となり》の生徒の動きまで止まった。

強い。力が圧倒《あっとう》的に違う。抗《あらが》えない強さがある。

エルドルフは「よし」とだけ言うと、意図せずして命じてしまった生徒のもとへ駆《か》け寄り、たっぷりと褒《ほ》めた。生徒はうれしそうにしている。エルドルフが戻《もど》ってくると、アムは悔《くや》しさのあまり、文句を言った。

「命を出すのが早いんだよ！」

「お前に命を出すのが待ちきれなくてな」

悪びれずに笑う顔にドキリとした。続く言葉を待ったが、エルドルフは周りの様子を見ている。アムはおもしろくない気分でさっさと次の候補生のところへ歩いた。一応命には従う形になったのに、褒める言葉がちょっと足りないのではないか。

チラチラとエルドルフの様子をうかがうと、ほかの生徒のことはよく褒めているように見える。肩《かた》に手を置いて、優《やさ》しく声をかけて。

モヤモヤしたものを抱えるうちに一巡《いちじゅん》し、今度は「割座」の演習になる。またエルドルフの前に行くと、彼は明るく笑った。

「《割座》」

小声で言われた瞬間《しゅんかん》、気がつくと座っていた。前と同じだ。悔しい。どうやっても勝てない。エルドルフはうれしそうな顔で「よくできた」と言った。

——それだけ？

反射的に思ってから、アムはバッと立ち上がった。兄はもう次の生徒を見ている。いつもはもっと主人ヅラで振《ふ》る舞《ま》うくせに。むしょうに腹が立った。絶対わざとだ。

順番がめぐり、念願のトージの前に来たアムは、命を出された瞬間勢い込んで座った。

「おっ、えらい！」

アムはピョンと立ち上がった。トージは声を高くして褒めてくれるから、こっちもうれしくなる。しかし途端《とたん》に抱き寄せられ、頭と尻《しり》を軽く叩《たた》かれた。

「耳！　しっぽも出てるのか？」

「えっ、あっ」

ヒュッと引っ込めたが、隣の候補生がそれを見て笑った。恥《は》ずかしい。

ふと、その向こうにいるエルドルフが見えた。さっきとは打って変わり、恐《おそ》ろしいほど冷ややかな顔でこちらを見ている。その瞬間、恐怖《きょうふ》と罪悪感のようなものがブワッと湧《わ》き出た。

思わずトージにぎゅっとしがみつくと、「よーしよし」と背中をポンポンされる。

「ちょっとくらい出ても気にするな。はい、交代、交代！」

トージに促《うなが》され、アムは移動した。残り、十六人。

もう、エルドルフのほうを見られなかった。

――なんだよ、自分はたいして褒めないくせに。

あの不機嫌《ふきげん》そうな顔を見ると、不安定な場所に立っているみたいで落ち着かない。かといって、気持ちがよくなるくらい褒められるのも怖《こわ》かった。あられもない格好をした自分を思い出し、思わず呻《うめ》きたくなる。あれは従者の本能だ。自分の意思じゃない。

アムはフンッと鼻息を吐《は》いた。

結局、午前中いっぱいを使って演習は終わった。なんだかドッと疲《つか》れている。

昼食を取りに食堂へ向かうと、もう委員長がいた。アムが隣に座ると、「命の演習、どうだった？」と目をキラキラさせてくる。トリ科も午前中に演習があったはずだ。

「すごい疲れた……」

「でも楽しいよね！　だって憧《あこが》れの人から命じられるんだよ？　ずーっとこの時のためにがんばってきたようなもんだもん、僕ら」

委員長には昔から「憧れの人」とやらがいるらしい。その人から指名されたくて、毎日筆記試験の勉強にいそしんでいるのだ。健気《けなげ》だなぁと思っていた時、「前、いいか？」と声がした。金髪《きんぱつ》の派手な男――空軍のムルトバが委員長の前に立っている。その横には、エルドルフ。

イラッとするアムの横で、委員長は真っ赤になり、背筋を伸《の》ばした。

「はいっ、もちろんです！」

委員長の前にムルトバが、アムの前にエルドルフが座る。アムの目は、自然と候補生たちのトレーに吸い寄せられた。

プリンがある。

生徒たちにデザートはつかないが、候補生には毎食、小さな果物などがつくのだ。果物は別に羨《うらや》ましくなかったが、今回は小さめとはいえ、プリンである。

エルドルフがその視線に気がついたのか、「やる」と言って皿をアムのトレーの横に置いた。

「え、いいって別に」

「お前のその視線の中で食べるほうがしんどいんだが」

「そんな見てないし！」

そのやりとりを見ていたムルトバは、「トリは太ると飛べないからな」と委員長に釘《くぎ》を刺《さ》した。委員長が小さくうなずく。速く飛べるようにするため、太らないように気をつけているのはアムも知っていたが、委員長の場合は体が重いのではなく、筋力がないからなのではないかと常々思っていた。食べないと筋肉はつかない。なんだか気の毒になり、「半分、食べない？」と自分に渡《わた》されたプリンの皿を委員長のトレーの横に置いた。

「こら、ダメだって言ってるだろ」

ムルトバが腕《うで》を伸ばし、プリンを取り上げる。

「いや俺のプリン返せよ」

エルドルフがその皿を取り戻し、結局元の形に収まった。気まずい空気が流れる。

ムルトバはプリン以外をサッサと食べ終わると、頬杖《ほおづえ》をついて、委員長をじっと見た。

「ちゃんと勉強してるの？　筆記が悪かったら、指名できないよ」

エルドルフは、呆《あき》れた顔をしている。

「あんまりいじめるなよ。本当に悪趣味《あくしゅみ》だな」

アムは委員長を横目で見た。委員長は大きな目を伏《ふ》せて、頬を赤くしている。

「委員長さ、いっぱい食べて、いっぱい動いたほうが、速く飛べるようになるんじゃない？」

ムルトバが眉《まゆ》をぴくりと動かしたが、エルドルフは「それは一理あるな」とうなずいた。

「それに、こいつは普段《ふだん》、君の話ばかりしてるよ」

「おい、エル、余計なこと言うなよ。俺たちには俺たちの関係がある」

いつも軽いムルトバが、珍《めずら》しく重い怒《いか》りの空気を漂《ただよ》わせた。委員長が小さく震《ふる》える。その様子を見たムルトバは、眉間《みけん》に皺《しわ》を寄せてため息をついた。委員長が食べ終わったのを見計らい、「ピィちゃん、こっち来いよ」と声をかける。

「え？　はい……」

委員長が前に行くと、ムルトバは手首を引っ張って、自分の膝《ひざ》の上に座らせた。

「ほら、一口ならいいだろ」

ムルトバがスプーンを口の前に持っていくと、委員長は真っ赤な顔で口を開いた。

「俺がいじめてるわけじゃないって、わかってるよな？」

耳元で囁《ささや》かれて、委員長はうなずいた。目がとろんとしている。ムルトバはハヤブサの子にあーんと食べさせたあと、ばくばくと残りのプリンをたいらげた。

急に目の前で始まったイチャイチャ劇場に、アムは目を点にした。委員長の憧れの人はムルトバなのだろう。だがはたから見ていたら、ムルトバも委員長を相当気に入っていることはわかるのに、なぜ本人は「指名してもらえるかな」などと不安になるのか。

「お前も、もう少し太ったほうがいい」

エルドルフがアムの前にプリンを置いた。

「でもこれはご褒美《ほうび》じゃないぞ。今日も外で耳が出てたからな」

「だってトージに褒められて、うれしかったから。誰《だれ》かさんは、全然褒めないもんな」

「みんながいるところで俺がたくさん褒めたら、お前への風当たりはもっと強くならないか？」

エルドルフは苦笑《くしょう》した。

「……なんだ、俺に褒めてほしかったのか。最近はコグレにしっぽ振ってばっかりなのかと思ってたが」

さっきの怖い顔を思い出し、アムは挑発《ちょうはつ》するように訊《き》いた。

「トージに嫉妬《しっと》してるのかよ？　オレがしっぽ振ってるから」

エルドルフはアムの目をじっと見つめ、口角をきゅっと上げた。

「そうだよ。お前は、俺だけにしっぽを振るべきなのに」

アムは眉間に皺を寄せながら、プリンを口に含《ふく》んだ。

本当に偉《えら》そうな男だ。だが見つめられると、心臓が跳《は》ね続けて落ち着かない。たぶん、やたらに男前すぎるからだ。それだけだ。カラメルソースが多すぎて垂れているプリンみたいなもので、なんでも適切な量というものがある。

「……絶対エルには従わない」

「とか言いながら、俺のプリン食ってる自分を自覚しろ。お前、甘いものに弱いだろう」

満足げな顔に腹が立つが、エルドルフがくれたプリンは甘くてなめらかでおいしかった。


実技・筆記とも試験が終わった一週間後。朝から校舎前に人だかりができていると思ったら、試験の結果が掲示《けいじ》されていた。……全員分だ。

アムは実技点がずば抜《ぬ》けてよかったが、筆記では五〇〇点満点中二〇点という驚《おどろ》くべき成績を叩き出したがゆえ、相殺《そうさい》されて予想通り最下位だった。

最初はすべて白紙で出そうかとも思ったのだが、「反抗的態度《はんこうてきたいど》」とみなされて反省文を書かされる恐れもある。一応あてずっぽうに解答した何個かが合っていたらしい。

人垣《ひとがき》の後ろでぽけっと見ていたアムの横から、険のある声がやってきた。

「おい、これでわかっただろ。お前が帝王《ていおう》の飼い犬になれるわけがないってこと」

クラスのリーダー的存在である、通称《つうしょう》カイマーだった。話しかけられたのは初めてだ。これまではあからさまに無視されるか、遠巻きに嫌《いや》みを言われるかのどちらかだった。気に入らないなら放っておけばいいのに、いちいち面倒《めんどう》なやつである。前から文句を言ってやりたかったから、ちょうどいい機会だった。

「あのさ。オレは一度も飼い犬になりたいって思ったことねぇし、お前がそうなりたいなら、帝王サマにしっぽ振ってりゃいいじゃん。だいたい、向こうから構ってくるんだけど」

「特別入学で調子乗ってんじゃねぇよ。俺らは真剣《しんけん》にやってきて、ここまで来てるんだよ」

取り巻きの一人が言った。カイマーは茶色がかった灰色の髪《かみ》を持つ、背の高い美男子だったが、その取り巻きにはいかつい者も多い。自分が候補生だったら、委員長みたいな、かわいくて真面目《まじめ》で優《やさ》しいタイプを選ぶところだ。

「オレは今すぐにでも退学したいけど。お前ら、オレのこと野良犬っていうけどさ、外の世界じゃ人間に飼いならされてるやつのほうが、小馬鹿《こばか》にされてるよ？」

周りの表情が一変した。

「俺たちは国民の安全を守るために必要な存在だ。自分のためだけに生きてるアホとは違《ちが》う」

別の取り巻きが語気を荒《あら》げ、カイマーが言葉を重ねる。

「やる気がないなら、兄さんたちと話すな。だいたい、イヌ科はそれぞれのトップ同士がくっついてくんだよ。それが伝統だ」

エルドルフがアムを構うのは、腹違いの弟で、父親からそうしろと指示されたからだ。改めて意識すると、なんだか胸の中がヒリヒリとした。

「邪魔《じゃま》だから引っ込んどけって？　じゃあお前からエルに言ってくれよ。野良公に構うなって」

「名前で呼んで許される仲だって自慢《じまん》したいのか？」

アムの周りを、カイマーとその仲間が完全に囲んだ。この前の演習で、この取り巻きたちによって袋叩《ふくろだた》きにされたことを思い出し、アムの怒りに再び火がつく。とにかくこいつらを一発ずつは殴《なぐ》らないと気が済まない。やり場のない胸のひりつきも、怒りに転換《てんかん》したくなる。

その時、聞き覚えのある甲高《かんだか》い声がやってきた。

「なにやってるんだよ、喧嘩《けんか》はやめろ！」

小柄《こがら》な委員長が、大きなイヌ科の生徒をかきわけてやってくる。

「集団で絡《から》むのはよくないぞ！」

「トリ科のガリ勉は引っ込んでろ」

アムのそばへやってこようとした委員長は、大柄《おおがら》な取り巻きの一人によって突《つ》き飛ばされた。

不意打ちされてよろけた委員長が、派手に尻《しり》もちをつく。

「委員長！」

地面に手をついた拍子《ひょうし》に手首をひねったらしく、委員長は「いてて」とつぶやいた。

「ふざけんなよ！　あいつは関係ねぇだろ！」

完全に頭に血が上ったアムは、突き飛ばした生徒の胸《むな》ぐらをつかむと殴り飛ばした。周りが大騒《おおさわ》ぎになり、ほかの取り巻きがアムに飛びかかる。何度かかわすが、相手は複数だ。もみくちゃにされ、気がつくと、アムは服を緩《ゆる》めて犬の姿になっていた。

周りにサッと空間ができる。みな後ずさり、唸《うな》る犬の動向を固唾《かたず》を呑《の》んで見守っていた。

もう我慢《がまん》できない。激しい怒りがある。好きでここに連れてこられたわけじゃない。世界はいつも理不尽《りふじん》だ。この、人に従ってしまう性質が腹立たしい。それを当然と思っているやつらにもイライラする。人獣《じんじゅう》の誇《ほこ》りを捨てているようなやつらに。

「《佇立《ちょりつ》》！」

教官がやってきて命を投げる。だが聞いてなんてやらない。従ったほうが楽になるとわかっているが、苦しくても従いたくない。

取り巻きの一人に飛びかかるアムを、教官たちが二人がかりで押さえ込んだ。命を次々出されるが、必死に暴れて反抗する。これで退学になるならそれでいい。

「アム、何をしてる!?」

エルドルフの声がした。

「《跪拝《きはい》》！」

アムの動きが止まる。急におとなしくなったのを見て、教官たちが腕《うで》を外した。悔《くや》しい。それなのに、体が勝手に動いてしまう。

アムは犬の姿のままエルドルフの前に進むと、伏せの状態からさらに頭を下げて、靴先《くつさき》に鼻を押し付けた。

あなただけが、私の主人であると。

自然と湧《わ》き上がる喜びを否定すると、また気分が悪くなる。頭ではこんなこと、したくないのに。命を聞くこと自体は、辛《つら》くない。そのほうが自然なのだと、今ではアムの体が知っている。でも頭が、心が、それを拒否《きょひ》した。

外では人獣だからと下に見られ、この学校では人獣から「野良犬」と蔑《さげす》まれる。兄は、アム個人を見てはいない。苦しくて、辛い。この性が。ぐるぐる視界が回る。

また例の、昏迷域《こんめいいき》に入ってしまうのか。わかっていてもどうにもならず、アムの意識は再び闇《やみ》に沈《しず》んだ。

目を覚ますと、また医務室にいた。机に向かっていた保健医が、身じろぎしたアムに気づいたのか、「大丈夫《だいじょうぶ》～？」と呑気《のんき》な声をかけてくる。保健医はこちらにやってくると、アムを寝《ね》かせたまま下瞼《したまぶた》を見て、心拍《しんぱく》を確認《かくにん》し、いくつか体調について質問した。

「うん。まぁ動いても大丈夫でしょう」

アムはホッと息を吐《は》いた。保健医はアムの拳《こぶし》にできたアザやすり傷を確認しつつ、何気ない口調で訊いた。

「君には教官の命が効かないねぇ。なんで？」

逆に、なぜみんなにはよく効くのか。自分でも不思議だった。

「いや……オレにも、よくわからないです」

「ここに来る前から？　だからずっと逃《に》げ切れてたのかな？」

眼鏡の奥の目が、ギラッと光った。

「でももう逃げちゃダメだよ。この学校にいなさい。大臣の反対派が君を狙《ねら》っているんだから」

アムは一瞬《いっしゅん》言葉に詰《つ》まった。

「反対派？　どういうことですか？」

「陸軍大臣が人獣を擁護《ようご》しているのは有名な話でしょ。でも世間では、残念なことに、人獣を嫌がる人もいるんだよね。軍内にも。あ、もちろん僕は君らのこと、かわいいと思ってるよ」

不審《ふしん》げなアムを見て、保健医はニヘッと笑った。

「人獣の権利向上は世界的な潮流だ。でも軍内には、他国と協調路線をとる大臣を手ぬるいって批判する声もある。『人間第一』を掲《かか》げる政治家たちも非難している。ま、そういう連中は、人獣を安い労働力として使いたい実業家団体から献金《けんきん》を受けているだけなんだけどね。そっちから見れば、大臣の隠《かく》し子が人獣だっていうのは、引きずり下ろすチャンスなんだよ」

自分が父の弱点になっていると知り、結構ショックだった。父はアムを保護するために、ここに入れたのか。ではアムが母と信じる人は誰《だれ》に連れていかれたのだろう。

「じゃあ君のお兄さんに知らせてくるか。心配してるだろうし」

保健医は出て行き、少しするとエルドルフ一人が険しい顔で入ってきた。アムのそばへやってくると、大きなため息をつく。

「お前が暴れてるって聞いてきたら……まったく……」

横になっていたアムは上体を起こし、ぎゅっと唇《くちびる》を噛《か》んだ。この後は教官からの説教と懲罰《ちょうばつ》が待ってるんだろうに、兄からもさっそくの説教か。

「ここでは、勝手に獣姿をとるのは禁じられてるって、知ってたよな？」

「……委員長が突き飛ばされた」

エルドルフはまたため息をつくと、ベッドに腰《こし》かけた。

「心配かけるなよ、本当に……目の上も切れてるし……」

アムは手で眉《まゆ》のあたりを触《さわ》った。傷は粘度《ねんど》の高い軟膏《なんこう》で止血されているが、ピリピリした痛みが走る。殴られて切れたらしい。

エルドルフの手が伸《の》びてくる。反射的に怖《こわ》いと思ったが、手はアムの後頭部に添《そ》えられ、ぐっと引き寄せられた。

「でもよくやった。複数で囲まれても、友達のために向かっていったんだから」

怒《おこ》られると思っていたアムは、拍子抜《ひょうしぬ》けした。

「ムルトバがブチ切れてた。大事にしてるハヤブサが手首をひねったからな。俺も言ったよ、同級生をリンチする気だったのかって。そういう卑怯《ひきょう》なやつを、そばには置きたくないって」

胸が詰まった。エルドルフが味方でいてくれたことが、思いがけずうれしかった。腕の中に包まれて、こわばっていた体がほぐれていく。

「犬の姿で押さえつけられてるお前を見た時、なんだろう、すごく苦しかった」

エルドルフは、アムをあやすように抱《だ》きしめながら、つぶやいた。

「強い命を使って悪かった。大丈夫か？」

アムは黙《だま》ってうなずいた。体と心がすっと楽になり、イライラした気持ちが不思議と落ち着いた。

「お前が心から俺を信頼《しんらい》してくれれば、こんなふうに具合は悪くならないんだ」

アムはエルドルフの腕の中で、静かに言った。

「オレは、オレ以外に従いたくない」

「……それは、わかるよ。当然の気持ちだと思う」

エルドルフは、赤ん坊《ぼう》を寝かしつけるように、アムの背中をトントンと優《やさ》しく叩《たた》いた。

「……オレさ、本当は、人獣同士、仲良くなれるのかなって思ってた。でも違《ちが》った。オレは人に従いたいと思ってるあいつらを理解できないし、したくない」

「ここにいる生徒のほとんどは、親がいない。だからここでの義兄弟の関係に憧《あこが》れるんだろう」

アムは目を上げた。

「人獣が働くのは大変だろう？　お前はよく知ってると思う。偏見《へんけん》がひどいから、家を借りるのもなかなか難しい。だから同じ地域に固まるし、仕事にもあぶれて貧しい家が多い。特にイヌの人獣は子どもが多いから、捨てられる子もいる。ここにいるのはそういう子がほとんどだ」

「ウミ科とか、トリ科も……？」

「彼らはちょっと違う。もともと数が少ないし、山間部とか河川部でできる仕事が限られるから、親がここに入れることが多い。食いっぱぐれはないからな。でもイヌ科は人数が多いから、競争が激しい。ここに来るまで何回も選抜《せんばつ》を受ける。落ちても軍に入れるが、幹部の相棒役とじゃ、名誉《めいよ》も待遇《たいぐう》も全然違う。お前はそこに、無試験で入ってきた」

でもいくら厳しい競争に晒《さら》されてきたって、寝るところも食事もあるなら恵《めぐ》まれている。自分は、それすら自力で確保してきたのだ。

「お前の父親は、人獣と将校を組ませるという制度を発案した張本人だ。それで、この学校を作った。お前と陸軍大臣に血縁《けつえん》関係があることは、校長しか知らない」

保健医は知っていたが。あの人はどういう立場なんだろう。

「建て前上は、この歳《とし》まで追っ手を撒《ま》いて一人で生き抜《ぬ》いてきたということで、試験を通過しているのと同等という判断だ」

「……逃げ足の速さには、自信あるよ。得意なこと、それぐらいだけど」

エルドルフは苦笑《くしょう》した。

「外の世界を知るお前には、ここがくだらない場所に見えるかもしれない。でもあいつらがこれまで必死にやってきたのは確かなんだ。やる気のないお前を見ると、自分が否定されたような気分になるんだと思う。その気持ちは、俺にも、わかる」

恵まれて育っていそうなこの男に、何がわかるのか。アムは、また目だけを上げてエルドルフを見た。琥珀《こはく》の瞳《ひとみ》が遠くを見ていた。

「……お前は何も持っていないように見えて、いろんなものを持っている。高い身体《しんたい》能力、優《すぐ》れた容姿、それから……大臣の後ろ盾《だて》。だから、妬《ねた》まれる。だからって、あんなふうにされていいわけじゃないが」

「オレ、大臣なんて会ったことないんだけど」

エルドルフはアムをチラッと見て、昏《くら》く燃えるような目で宙をにらんだ。

「小さい頃《ころ》に、会っているはずだがな。父様は、お前のことをずっと捜《さが》していた。でも俺が捜《そう》索《さく》に集中できたら、もっと早く見つけられてた……俺は新年休みの時にしか捜せなかったから」

「親父《おやじ》の反対派っていうのもオレを捜してたの?」

エルドルフはさらに険しい顔つきになった。

「その話、誰から聞いた？」

「え……保健の先生」

詰問《きつもん》されるような口調が怖く、つい答えてしまった。エルドルフはしばらく思案していたが、難しい顔で口を開いた。

「……とにかく、お前はおとなしくここにいろ。俺の言うことを聞くんだ。いい子だから」

「なんで教えてくれないんだよ」

「俺も詳《くわ》しいことはわからない、今は。それに俺たちには、機密上言えないこともある」

厳しく冷淡《れいたん》な口調で言われ、アムは気圧《けお》された。

「……オレは正直、こんなところ早く出て行きたい。誰かに支配された状態で生きたくない」

「でも嬉戯《きぎ》をしないと、年々具合が悪くなってくるぞ。それに、お前が俺に従ってしまう本能と、人獣《じんじゅう》が人より下に置かれて支配されているということは、まったく別の問題だ。人獣にそういう性質があるからといって、それが社会構造に反映されていいわけじゃない」

「そうだけど……でもオレは、具合が悪くならないためにとか、そんな理由で主者に従いたくはない。……一応従者用の薬もあるんだし。効きにくいらしいけど」

「お前はガサツで行儀《ぎょうぎ》も悪いが、芯《しん》の部分はすごく誇《ほこ》り高いよな」

アムは目をさまよわせた。今までに言われたことのない言葉だった。

「……そういうお前を、どうしても従わせたくなる、俺は。これは、本能なのかな」

また後頭部に手を回され、上を向かされた。目を覗《のぞ》き込まれて、息ができなくなりそうだ。

琥珀色の瞳が、熱く昏く輝《かがや》いている。アムが部屋に行った時と、同じように。

「……出て行くなんて、許さない」

キスをされるのかと思うほど近い距離《きょり》で、しばらく見つめ合う。

部屋で命を出された時のことを思い出した。あんなに気持ちのいい経験は、したことがない。

――兄さん、なのに。

エルドルフは何かを断《た》ち切るようにゆっくり目を閉じると、パッと開けた。

「……さっき、命を聞いた分を、褒《ほ》めていなかったな」

ぎゅっと抱きしめられた。急に優しくされて、アムの心臓がドクンと跳《は》ねる。

「俺の言うことだけを聞いたね。偉《えら》いよ。偉い。俺は、震《ふる》えるくらい、うれしかった……」

不意打ちの甘い言葉に、アムの体の力が抜けていく。ほだされるなと必死に言い聞かせてい
るのに、どんどん弛緩《しかん》していく。

「俺の命だけ聞いて……」

満たされた気持ち。どこまでも温かく優しく包まれる世界。この中にいたい。

「俺だけに、いい子でいればいい……」

――兄さん、だから。

だから、甘えたくなるのは、しょうがない。……と、自分に言い訳をする。

アムは耳としっぽをてろんと出して、兄の胸に顔をすり寄せていた。

医務室から出たアムは、担任と副担任の叱責《しっせき》をたっぷり聞き、翌日から二日間、別室でひたすら校則を書き写すという懲罰《ちょうばつ》を科されたのち、最後に校則を全部暗記したかの口頭試験を経て、ようやく授業に復帰した。

教室に入ると、一瞬《いっしゅん》シンと静まる。アムは心を硬《かた》くして自分の席に座った。そこにカイマーたちがやってくる。

「……この間は、悪かった」

カイマーが気まずそうな顔で謝った。アムは少し黙って、カイマーのほうを見ずに言った。

「いや。オレもカッとなって悪かったよ」

周囲の空気が少し緩《ゆる》む。カイマーたちは席に戻《もど》り、アムは窓の外を見た。

たぶん、この先も彼らとは仲良くはなれないと思う。でもエルドルフの話で、向こうには向こうなりの苦労があると知り、少しイラつきはなくなった。

今日は午前中の座学の後、午後からまた候補生たちとの演習だった。指名の時期が近づき、合同演習の頻度《ひんど》は高くなっている。

アムは委員長やキューちゃんと昼食を済ませてから、運動着に着替《きが》えて運動場に向かった。少し前をカイマーが歩いている。そこに、エルドルフがちょうど出くわした。

以前は自分からよく話しかけていたカイマーだったが、アムの一件があったせいか、ぎこちなく挨拶《あいさつ》をして終わる。しかし今日はエルドルフから声をかけ、そのまま二人で歩き始めた。

カイマーは時折、エルドルフを見上げては何度もうなずいた。エルドルフはカイマーの背中を励《はげ》ますように叩いたり、声を上げて笑ったりしている。何を話しているのだろう。

二人を追い越《こ》すのがなんとなくためらわれて、アムは距離を置いてのったりのったり歩いた。無視して追い抜くのも気が引けるが、なんと声をかければいいのかもわからない。

サッサと歩いてくれればいいのに、いつも大股《おおまた》でキビキビと動くエルドルフの歩調は遅《おそ》かった。話に集中しているせいだ。運動場につく頃、カイマーの表情はすっかり明るくなっていた。

——別にいいんだけどさ。

アムはモヤモヤとしたものを感じた。誰《だれ》にでもいい顔をする兄。兄の人生だから別に関係ないのだが。でも何か割り切れない。

おもしろくない気分でトージのところへ向かうと、それまでトージと話していた生徒がアムに気がついて、パッと離《はな》れていく。アムは腕《うで》組みをして宣言した。

「オレ、いつか絶対ここ出て行く」

「ハァ?　いきなり何言ってるんだお前は」

トージは呆《あき》れた声を出した。

「あとひと月で指名だろう?」

「卒業後に消えてやる……!」

トージは「困ったなぁ」と苦笑した。

指名の時期が近づき、校内のあちこちで候補生と生徒が一緒《いっしょ》にいるのを目にするようになってきた。

イルカのキューちゃんはもう相手が決まっているらしく、ほとんど部屋にいない。委員長はといえば、ムルトバと食事を共にできることを無上の喜びとしていた。アムも委員長と一緒に食事をすることがほとんどで、演習のある日はたいていそこにムルトバもやってくる。すると仲がいいエルドルフも必然的についてくる。

いつのまにか、委員長の隣《となり》にはムルトバが、アムの隣にはエルドルフが座るというのが暗黙《あんもく》の了解《りょうかい》になっていた。今日の夕食も、やはりいつもの配置だ。

エルドルフと一緒に食事をするのはちょっとしんどい。ナイフやフォークの持ち方、姿勢、食べる順番に切り分け方まで、横からこまごまと注意されるからだ。食べた気がしない。

「……あのさ、鬱陶《うっとう》しいんだけど」

ムルトバが耳ざとくその言葉を聞き、アムに言った。

「エルじゃなくたって、その食べ方は注意したくなるだろ」

アムはへいへいと聞き流したが、なぜかエルドルフのほうがムッとして反論した。

「前よりはだいぶよくなったんだ。それに、一瞬で食べ終わるところは素晴《すば》らしい」

かばってくれてうれしいような、所有物のように扱《あつか》われてイラつくような。褒められる点が早食いというのも複雑な心境だ。

「お前は元が賢《かしこ》いから、飲み込みが早い」

にっこりと笑われて、アムは目を泳がせた。それって、自分の血筋が優秀《ゆうしゅう》だと言ってるようなもんじゃないのか。とはいえ、褒められると悪い気はしない。というより、気を抜《ぬ》くと耳としっぽが出てしまいそうになるくらい、うれしい。だがこれは本能だ。

二人のやりとりを見ていたムルトバは、委員長に囁《ささや》いた。

「ピィちゃんも、ちゃんと食べてて偉いよ」

ムルトバは最近、委員長にあれこれ食べさせようとしている。

「……前は太るから食べるなって言ってなかった？」

アムが小声でエルドルフに訊くと、「方針を変えたらしい」とひそひそ声が返ってきた。

「……太らせて飛べなくする作戦だ」

「えっ、ひどくない？」

思わずアムが声を上げると、向かいの二人がこちらを見た。エルドルフがアムの腕《うで》を取り、

「ちょっと、食後の散歩に行こう」と笑顔《えがお》を作る。最近、よくこうして誘《さそ》ってくるのだ。

アムは別に歩きたくなどないからいつも断っていたが、委員長のことが気になるので今回はおとなしくついていった。エルドルフはアムのトレーも一緒に片付けて、食堂を出る。

薔薇《ばら》の小径《こみち》を歩くと、涼《すず》しくなった夕方の空気に気高い香《かお》りが混じっていた。ここは、夏でも冬でもずっと白い花で溢《あふ》れている。四季咲《しきざ》きの薔薇だからだ。

周りには、アムたちのような候補生と生徒が何組もいた。ぶらぶら歩いていたり、真剣《しんけん》に話をしたりといろいろだが、みな親密そうだ。春先にはほとんど見られなかった光景に、アムは

たじろいだ。

エルドルフは、長い脚《あし》をゆっくりと動かし、小径をそぞろ歩いた。薔薇が綺麗《きれい》だな、などという甘ったるい言葉が、夏の夕暮れに混ざって溶《と》けていく。恋人同士《こいびとどうし》のような空気にアムはむず痒《がゆ》くなり、自分から切り出した。

「あのさ、委員長のことって？」

エルドルフは「あぁ」と思い出したように言った。それを聞くためにここに来たのだが。

「……あいつは、あの子を事務方に回したいんだよ。実技の成績が良《い》いと、トリ科はどうしても前線に駆《か》り出されて、哨戒《しょうかい》を担当することもあるからな」

「でも……今って別に戦時じゃないじゃん」

「だとしても心配なんだろう。前は現場に出たいと言ってたくせに、あの子と会って変わった」

「ふーん」

「まぁ俺も、その心配はわかる。今はイヌ科のほうが危険が高い。魔獣《まじゅう》の警戒があるからな」

南方でよく出る、正体不明の大型獣だった。よくわからないから、魔獣と呼ばれている。昔はこの国にはいなかったのに、アムが生まれる前くらいから現れ始め、近年都市部にも現れることが増えている。

魔獣は人間を襲《おそ》うことで恐《おそ》れられていた。人獣は人よりもその気配を早く察知できるから、人獣の多い軍が警察と協働で警戒にあたっているのだ。

「お前を危険な目に遭《あ》わせたくない」

父親にそう言われているのだろうか。それとも、エルドルフ自身が思っているのだろうか。

アムは、隣を歩く兄を盗《ぬす》み見た。エルドルフは、あまり人がいないほうへと向かっていく。

「……でもあの子は、まだムルトバに告白してないんだそうだ。あいつは待ってるんだけど」

「告白？」

「指名してほしいって、生徒から言うこと。この時期に、こういうところでするんだ。……ほら、あんな感じで」

エルドルフの視線の先には、一組の候補生と生徒の姿があった。生徒が何かを一生懸命《いっしょうけんめい》に話している。

でも生真面目《きまじめ》な委員長は「実技がダメな自分は不釣《ふつ》り合い」と思っているフシがある。横を歩くエルドルフは、チラチラとアムを見ていた。その視線を感じ、アムは察した。

「わかった。オレから、委員長に言っとくよ。ドーンと行けって！」

「……そ、そうか」

エルドルフは珍《めずら》しく半笑いのような曖昧《あいまい》な表情を浮《う》かべた。

「じゃあ帰るよ。おやすみ！」

アムは寮《りょう》へと走って戻った。

「あっ、アムどうだった？」

寮の部屋に戻ると、委員長が目を輝《かがや》かせて訊《き》いた。キューちゃんはもうすやすやと寝《ね》ている。

「何が？」

「何がって、告白だよ！　向こうは答えてくれた？」

「なんでオレがするの」

「だって、あの小径を夕食後歩くって、そういうことだよ。あれ、前に言わなかったっけ？」

アムは天井《てんじょう》を仰《あお》いだ。だからエルドルフはあんな中途半端《ちゅうとはんぱ》な顔をしていたのか。

でも誘ってきたのは向こうだし、だいたいずっと前から「従わない」と言っているのだが。

「っていうか、候補生のほうから指名するんじゃないの？」

「建て前はね。でもその前に、いいなと思ってる人にあらかじめ言うんだよ、自分の兄さまになってくださいって。向こうから言われたら立場的に断りづらいし。この人なら、って人を事前に決めとくんだ。だからこの時期はみんな必死」

アムは飛び上がるくらい驚《おどろ》いた。それでは早い者勝ちではないか。こうしてはいられない。

「ちょ、ちょっと待って。それならオレ、トージに頼《たの》んでみる」

「えっ、帝王《ていおう》様じゃなくて？」

「じゃなくて！　あとムルトバは委員長から告白されるの、待ってるんだって。ドーンと行ってこいよ！」

真っ赤になる委員長を残して、アムは部屋を飛び出した。薔薇の小径へと急ぐ。さっき、ごくかすかにだが、トージのにおいがあったのだ。

アムがトージを捜《さが》してうろうろしていると、エルドルフの気配がした。よく見ると、植え込みの向こう、木の影《かげ》が作る暗がりの中に立っている。その前には誰《だれ》かいた。

——カイマーだ。

アムは反射的に身を隠《かく》した。エルドルフが何か優《やさ》しく話をしている。二人はそのまま歩き出した。木の影から抜け出た二人は、庭園灯のほのかな光の中に消えていく。

告白だろうか。そう思った瞬間《しゅんかん》、胸の中がきゅっと切なく、穴が空いたみたいになった。

——オレの兄貴なのに。

急に滲《にじ》み出る、嫉妬《しっと》めいた感情。それに自分で戸惑《とまど》った。トージを捜していたくせに。

さすがに自分勝手すぎやしないか。アムはすぐにその感情を自分で打ち消した。

アムがここに来る前は、エルドルフと組むのはカイマーだと決まっていたようなものだ。それにエルドルフとは本当の兄弟なのだから、「兄さまになって」なんて甘えたことを言う必要はない。だから自分はトージと組むのが一番いい。トージなら、アムが相棒役を解消して出て行っても、笑って許してくれるのではないだろうか。

アムは、一つひとつ結び目を作るように、丁寧《ていねい》に自分に言い聞かせた。

ウロウロしていると、トージのにおいを捕《つか》まえた。アムは走ってその大本までやってくると、勢いに任せて一気に言った。

「いた！　トージ、捜してたんだ！　オレを指名して！」

「えっ」

トージは目を白黒させた。見ると、その背後には同じイヌ科の生徒がいる。最近、トージとよく話しているやつだった。ふと、嫌《いや》な予感がした。ここにトージがいる、その理由が。

「うーん、ごめんな。もう決めちゃったからさ」

トージが頭をかいて、後ろにいる生徒にチラッと目をやる。あまり活動的ではない、無口なやつだった。クラスでも目立たず、カイマーとは関《かか》わりのないタイプだ。

アムはショックを受けた。クラスの中でトージと一番仲がいいのは自分だと思っていた。

「それに、お前は帝王様のご指名が入るだろ」

「それが嫌だからトージがよかったんだ」

トージはうぅんと唸《うな》り、視線を下げた。

「あのな。ここでの主従の関係っていうのは、そんな軽いもんじゃない。この先、何十年も一《いっ》緒《しょ》にいることになる相手を選ぶんだ。そういう時にさ、消去法で選んでくるやつと、俺のこと、何年も前からずっと好きだったって言ってくるやつ、どっちのがいいと思う？　お前なら」

アムは言葉に詰《つ》まった。

好きというのは、どういう感情に分類されるのだろう。恋愛《れんあい》的な意味なのだろうか。

ここに来る前のアムなら、男同士で？　と思っただろう。でもこの閉鎖《へいさ》的な空間で、自分の主となる人、そして自分が命を賭《と》して守る人を選ぶために生きてきたら、憧《あこが》れから恋《こい》ともつかない感情に変わることもあるのかもしれないとも思った。

ずっと、ここにいることを軽く考えていた。それが見透《みす》かされているのだ。みんなから。人獣と人が組になり、軍人として働くという人生を受け入れているやつらから。

それを頭から否定するつもりはない。でも自分はここには馴染《なじ》めない。結局、どこへ行っても、自分がいていいと思える場所はないのだ。

「それにな、アムを従わせられるのは、ヴォドリーしかいないんだって、みんなわかったと思うんだ。演習の時、お前は命を聞くフリをしてるだろう？　そういうの、わかるんだよ。相性《あいしょう》がいい子だと、全然反応が違《ちが》うから」

トージはそう言ってから、少し後ろで控《ひか》える生徒を見た。

「お互《たが》い、相性のいいやつと組んだほうがいいよ」

なんだか泣きそうになった。トージのことをそれなりに信頼《しんらい》していたし、普通《ふつう》に好きだった。でも相性と言われたら、もうそれまでだ。

「うん、オレ……なんか、いろいろごめん」

アムはくるりと背を向けて駆け出した。走りながら滲んだ涙《なみだ》を拭《ふ》いた時、急に横から現れた人とぶつかった。

「……アム？　なんで……」

エルドルフが眉間《みけん》に皺《しわ》を寄せる。その視線が、少し先にいるトージを捉《とら》えた。

「……お前、ちょっと来い」

強く手首を引かれ、アムは小径《こみち》を離《はな》れて運動場のほうへと連れていかれた。ずんずん歩き、周りに人の気配が完全になくなるところまで来ると、エルドルフはアムに向き直った。

「……コグレに、告白したのか？」

アムはおずおずとうなずいた。エルドルフは、「へぇ」と無表情で言った。

「で、フラレたんだ？」

「……オレ、ここから出て行きたい」

「それは父様が許さないだろう。お前を、よく知らない主者に任せるわけにはいかないと思ってるはずだ。父様の反対派がお前を狙《ねら》っているということだって、知ってるだろう？」

いつも父がと、そればかりだ。

父に言われたからという理由でアムを選ぶくらいだったら、エルドルフも、何年も前から好きだと言ってくれる相手と一緒にいるほうがいいんじゃないか。

「……あのさ、エルはほかのやつを指名したほうがいいと思う。カイマーに告白されたんだろ」

エルドルフは大きく息を吐《は》いて、横を向いた。

「……見たのか。断ったよ」

罪悪感のようなものが湧《わ》き上がった。

「カイマーは、エルのこと、ずっと好きだったんじゃないのかな」

「だとしても、俺は集団で一人に絡《から》むようなやつを好きにはならないけどな」

エルドルフが言っていることは前から一貫《いっかん》している。でも、そもそも自分がここに来なければカイマーの印象だって悪くならなかっただろう。とはいえ、ここに来たのは自分の意思ではなく、父や兄の力だ。

モヤモヤを吐き出す場所は見つからず、ぐるぐると循環《じゅんかん》し続ける。

　エルドルフは焦《じ》れたように大きく息を吐きながら、乱れてもいない髪《かみ》をかきあげた。

「でも、さすがにそういう言い方はしてないから。アムに命を投げられるのは、俺しかいないからって言ったら、納得《なっとく》していた。この前、獣姿《じゅうし》で暴れ回ってよかったんだよ。教官ですら従わせられないんだから。あいつも、ダメもとで告白したって言ってた。すっきりしたって」

　アムはうつむいた。

「でもオレは、エルの相棒としてずっとやっていくなんて気概《きがい》はない。野良犬だもん」

　エルドルフは腕《うで》を組み、アムを見つめた。

「俺は、人獣の能力の高さを証明したい。そのためには、お前が必要だ」

「無理だよ。オレの試験結果、見ただろ？　教本の中身なんて全然わからない」

「何を弱気になってるんだ？　お前らしくない。フラレたからか」

　思わずムッとしてエルドルフを見た。しかしその顔にからかうような気配はみじんもなく、ただ硬質《こうしつ》な空気を漂《ただよ》わせていた。

「そういうことは全部俺がカバーする。座学の出来は最初から期待していない。お前の身体《しんたい》能力の高さはずば抜《ぬ》けている。何も問題ない。俺の指名を受けろ、アム」

　エルドルフがポンッとアムの肩《かた》に手を置いた。耳元に口を近づけ、低く囁《ささや》く。

「お前には、俺しかいないんだ」

「陸軍附人獣補佐官《つきじんじゅうほさかん》指名式」は大講堂で行われた。式服に身を包んだ幹部候補生が左翼《さよく》にずらりと立ち、生徒が右翼《うよく》に並ぶ。壇上《だんじょう》の教官が、成績順に候補生の名前を読み上げた。

「エルドルフ・ヴォドリー」

首席のエルドルフが大講堂に響《ひび》き渡《わた》るような声で返事をし、壇上へ上がっていく。その威風《いふう》堂々《どうどう》とした姿を見ていると、「帝王《ていおう》」という呼び名もあながち馬鹿《ばか》げたものでもないと思った。兄は、誰《だれ》よりも強そうで、誰よりもかっこいい。……まぁ、それは認める。

エルドルフは演台の横に行くと、足を肩幅《かたはば》に開き、手を後ろで軽く組んだ。教官が手元の紙を見ながら、声を張り上げる。

「銀色五号！」

大講堂が静まり返る。少しして、自分の名前だったと思い出した。

「あっ、ハイ」

思わず腑抜《ふぬ》けた返事をしたせいか、教官が額に青筋を立ててにらんでくる。返事の基礎《きそ》がなっていないと言いたいのだろう。首席の相棒が務まるのかと問いたげだ。自分もそう思う。

アムは一歩、また一歩と、壇上にいる主者のもとにのろのろと進んだ。講堂の後方にいる鼓《こ》笛隊《てきたい》が、勇ましい音楽を奏《かな》でる。

背の高い兄は、弟の一挙手一投足を見守っていた。アムが目の前にやってくると、自分の胸《むな》元《もと》にある白い薔薇《ばら》を取り、アムの胸に留める。鼓笛隊が祝いの曲を打ち鳴らした。

エルドルフはアムの背中に手を添《そ》えて、壇上を渡り、下に降りた。エルドルフが先に立ち、候補生と生徒たちの一列後ろを歩いて、端《はし》に行くとまた壇上に向いて横に並ぶ。

隣《とな》り合う時、手が軽くぶつかった。同時に、エルドルフの人差し指がアムの小指に絡められた。心臓が止まりそうになる。

エルドルフは何食わぬ顔で、壇上を見つめていた。兄の白い布手袋越《てぶくろご》しに、柔《やわ》らかい指の感《かん》触《しょく》が伝わってくる。触《ふ》れ合っているのは小指だけなのに、全身の動きを押さえられているような気がした。細い後脚《うしろあし》を、ぎゅっと握《にぎ》られているような感覚。逃《に》げられないように。

支配されることが怖《こわ》かった。


式が終わると、食堂に移った。椅子《いす》は取り払《はら》われ、今日だけは立食形式で祝いの料理が中央のテーブルに所狭《ところせま》しと並んでいる。イヌ科の指名式だから、ほとんどが肉料理だ。しかしその中には、白い薔薇の形をしたババロアもある。食堂に一番乗りしたアムは、まず二つのババロアを皿に確保すると、おとなしくテーブルから離れた。

続々とやってくる候補生や生徒たちが、テーブルの周りに集まり始める。彼らは砂糖に群がるアリのようになって、すぐにテーブルが見えなくなった。

壁際《かべぎわ》に避難《ひなん》してキョロキョロ見回すと、トージがいた。指名相手と楽しそうに会話している。あの時、小径で一緒にいた生徒だ。そいつが笑っている顔を初めて見た。

「アム、お前の好きな甘いもの、あったぞ」

人だかりをかき分けて、エルドルフがやってきた。アムの皿を見て、「もう二つ取ってたか」と笑う。そしてアムがさっき見ていたほうに顔を向けた。一瞬《いっしゅん》、サッと笑《え》みが抜けたが、

再び振《ふ》り向いた時にはまた笑顔だった。

「お前の分も取っとこうと思って、俺も二つ取っちゃったんだよな」

「あ……うん、ありがとう」

「でも先に、ちゃんと肉を食え。取ってくる」

エルドルフはアムに皿を渡すと、料理のあるテーブルへとまた向かう。こういうところは本当に甲斐甲斐《かいがい》しいのだ。その時、入れ替《か》わりのようにしてトージがやってきた。

「……アム、食べてる？」

話すのは、あの告白の時以来だった。

「ん、エルが今、食物争奪《そうだつ》戦に行ってる」

「こういうのは初動が肝心《かんじん》なんだよな」

最初に話した時を思い出して、アムはつい笑った。トージは優《やさ》しい目でそれを見ていた。

「お前が、ちゃんとヴォドリーの指名を受けてよかった」

トージが人だかりに視線を移し、ボソッと言った。

「ここから逃げるなよ。……いろんな人に迷惑《めいわく》かけるからな」

トージは笑いながらアムの頭にポンッと手を置き、自分の相手のところへ戻《もど》っていった。

……トージなら笑って許してくれる、なんて大間違《おおまちが》いだった。彼だって、やっぱりここの人なのだ。なんだかひとりぼっちになった気分だった。

トージのほうを見つめてぼうっとしていると、横から無機質な声が差し込まれた。

「話、終わったか？」

エルドルフが皿を持って隣《となり》に立っていた。

「ほら、皿、交換《こうかん》」

アムが持っていたデザートの皿を取り、肉が山盛りになった皿を渡してくる。

「……ありがと」

エルドルフは、アムがばくばく食べるのをしばらく無言で見ていたが、「前に、コグレに言われたんだ」と唐突《とうとつ》に言った。

「俺では、アムを従わせられないって。だからヴォドリーじゃないと無理だって」

そんなやりとりがあったなんて、全然知らなかった。

「食べたら、俺の部屋に来い」

兄は小声で言うと、アムが空にした皿とデザートの皿を交換して、食堂を出て行った。

計四個ものババロアを一人で食べたアムは、幹部候補生の寮《りょう》に向かった。中には、さっそく何人もの生徒がウロウロしている。指名後は寮の行き来が解禁となるのだ。

アムは緊張《きんちょう》しながら、一度訪ねたことのあるドアをノックした。前にここであったことを思い出し、腹の底がカッと熱くなる。恥《は》ずかしさと気持ちよさの記憶《きおく》が同時に蘇《よみがえ》った。

また前のようなことになったらどうしよう。まだらに入り交じる不安を無理に抑《おさ》えつけていると、中からエルドルフが出てきた。だが、いつも惜《お》しみなくくれる爽《さわ》やかな笑顔はない。アムは戸惑《とまど》った。そもそも、なんでここに呼ばれたのだろう。

エルドルフはアムを招き入れると、静かにドアを閉めた。その直後、アムを挟《はさ》むようにドンッとドアに片手をつく。覆《おお》い被《かぶ》さられるように見下ろされ、アムの胃が急に縮んだ。何に怒《おこ》っているのか、よくわからなかった。

「お前がコグレに告白した次の日、言われたんだ、コグレに。アムを指名してくれって。そうしないと、あいつ、ここから逃げちゃうからって。ちゃんと見ててくれって」

アムは目を見開いた。

「……なんで、俺がコグレから頼《たの》まれなきゃいけないんだ？」

琥珀《こはく》の瞳《ひとみ》にある黒い虹彩《こうさい》が、じりじりと怒《いか》りに燃えている。

口の中がカラカラに乾《かわ》いてきた。でも唾《つば》が飲み込めない。喉《のど》の奥が詰《つ》まったようになり、アムは何も言うことができなかった。

「コグレから譲《ゆず》ってもらった形になるの？　お前を」

「オレ……オレは、モノじゃない」

アムはようやくそれだけ言うと、目を伏《ふ》せた。エルドルフは耳元に口を近づけた。

「……お前には、お仕置きが必要だな」

恐《おそ》る恐る目を上げると、エルドルフは昏《くら》い目をして、ネクタイを緩《ゆる》めながら体を離《はな》す。

「これから命の実践《じっせん》的な訓練が始まる。どの組も関係を深めるために、嬉戯《きぎ》をする。お仕置きもその一環《いっかん》だ」

エルドルフは、アムの手首をつかんで部屋の奥へと進んだ。部屋にはベッドと机だけがある。エルドルフは机にネクタイを投げ、ジャケットを上からとめているベルトを外し、椅子の背にかけた。ジャケットも脱《ぬ》ぎ、シャツだけになると、腕をまくりながら「そこに直れ」と言う。

アムはベッドに腰《こし》かけた。お仕置きのために、この部屋に呼ばれたのか。

「誰《だれ》がベッドに座れと言った？　《割座》」

アムは滑《すべ》り降りるように床《ゆか》にぺたんと腰を下ろした。

エルドルフはこちらを向かない。白いシャツに包まれた背中から、無言の強い圧力が滲《にじ》み出る。今までに経験したことのない冷たい雰囲気《ふんいき》に、アムは震《ふる》え出しそうだった。

「……お前は、コグレにここを出たいと言っていたんだって？」

振り向いた顔には表情がなかった。

「俺に言うだけならともかく、外部の人間にこぼすなんて何を考えているんだ？　ヴォドリー家の名を汚《けが》すことは許さない」

エルドルフは手に黒い革《かわ》のベルトを持ち、もう片方の手のひらに打ちつける。アムはビクッと身をすくめた。

「……さて、お仕置きだが……従者の性質を持つ者の中には、肉体的苦痛を与《あた》えられることを悦《よろこ》ぶやつもいるというし、主者のネクタイで縛《しば》られることに興奮するやつもいるらしい」

エルドルフは目の前でしゃがみ、アムの顎《あご》をつかんで上に向けさせた。

「お前はどうだ？　ん？」

その瞳には、異様な光が輝《かがや》いている。こらえきれず、アムは目を伏せた。

「答えろ。痛いことをされたいか、されたくないか」

アムは自然と犬の耳を出していた。怖くて怖くて、へにゃりと下がっている感じがする。視線をさまよわせてから、震えるようにエルドルフの瞳を見た。でも想像とは違《ちが》い、その目の奥にはさっきとは違う落ち着きがあった。

「……されたくない」

「怖い？」

アムが小さくうなずく。エルドルフはふっと困った顔をして笑った。

「……お仕置き終わり」

エルドルフはぎゅっとアムを抱《だ》きしめた。

「……え？」

「俺も痛そうなことは好きじゃない」

アムは目をパチパチとしばたたいた。

「お前がしたいならともかく、嫌《いや》ならしない」

「……したいっていう人、いるの？」

「俺にひどくされたいって思ってるやつは、一定数いたらしい。帝王様《ていおう》にベルトで打たれたり、とかな」

アムはポカンと口を開けた。一言も聞き漏《も》らすまいと、耳がピンと立つ。

「縛られたり？　叩《たた》かれたり？　……されたいやつが？　いるの？」

　エルドルフは低く笑った。

「そういうやつにお仕置きするなら、逆にやらないが。ご褒美《ほうび》になるからな。お前はそうじゃないし、打ったりしたら、俺を本当に怖がるようになる。信頼《しんらい》関係なんて築けない」

　アムは腕《うで》を上げ、目の前にある白いシャツの腰のあたりをぎゅっと握《にぎ》った。

「……今だって、充分怖《じゅうぶんこわ》かったんだけど」

「お仕置きだからな」

「じゃあ、わざとやってたってこと……？」

　なんだよそれ、と言おうとしたが、エルドルフが先に話し始めてアムは口を閉じた。

「俺は、コグレとお前が二人で話しているのを見るのも不愉快《ふゆかい》だった。ずっと。指名前だったから何も言わなかったが」

　びっくりしてエルドルフを見ると、きつい言葉とは裏腹に、優しい目をしていた。

「耳を、人前で出さないように」

　アムの頭をするりと撫《な》でる。その手が気持ちいいと思ってから、むらむらとお決まりの反抗《はんこう》心が湧《わ》き出てきた。

「ちょっ……ちょっと待てよ。オレが誰《だれ》としゃべろうが、オレの勝手じゃん！」

「まぁ理屈《りくつ》としてはそうなるな」

　アムは小鼻を膨《ふく》らませて怒った。

「理屈として、じゃねぇよ！　なんでそこまであれこれ言われないといけないわけ？　いくら兄貴だからって、横暴だと思う！」

エルドルフは虚《きょ》を衝《つ》かれた顔をしてから、こぼれ落ちるような笑顔《えがお》になった。

「兄貴って初めて言ったな」

「だって実際そうだろ。それにトージのことだって、兄貴みたいなもんなのに、話すなっていうのは変だ！」

エルドルフの目がさっと据《す》わった。

「兄は俺一人で充分《じゅうぶん》だろう。お前の主者も俺一人だ」

「エルがオレを従わせたいのって、結局親父《おやじ》に言われたからだろ！　いつも家が、とかばっかりじゃん！」

エルドルフ自身がアムを欲《ほっ》していると聞いたことは、一度もない。しかしエルドルフは苦笑《くしょう》し、ベッドに腰かけて腕を大きく広げた。

「お前は野良犬だったから、うちのことを知らないもんなぁ。ほら、おいで」

アムは立ち上がり、また耳をぺしょっと下げた。こっちの真剣《しんけん》度が、あまり伝わっていない気がする。でも優《やさ》しく言われると強く反抗はできず、のろのろと近寄った。

この大きな胸の中でぎゅっとされたら、きっとどうでもよくなってしまうのだ。

「膝《ひざ》の上に座って」

向かい合わせになるのは恥ずかしく、アムは横を向いて座った。

「……じゃあ、嬉戯をしようか。まずは『柵《さく》』を決めよう」

これ以上は無理、と従者が感じた時に発する言葉、それが「柵」だった。従者の心身の安全を守るために、あまり発しなそうな言葉を事前に決めなければならないのだ。

アムは少し考えてから、これだなと思う言葉を言った。

「じゃあ、『お兄ちゃん』で」

エルドルフは一瞬《いっしゅん》息を呑《の》んだが、何も言わなかった。

「……わかった。『お兄ちゃん』を、『柵』とする」

背中を優しく撫でられると、自然としっぽが出てしまう。アムはジャケットを脱ぎ、ズボンも脱いで下着を少し下ろした。ふさふさのしっぽがしゅるんと現れる。エルドルフはその毛並みを整えるように何度も撫でた。手を筒《つつ》にして、付け根から先までをしゅるりしゅるりと通していく。アムは、すぐに緩みそうになる気持ちを、なんとか奮い立たせた。

エルドルフはてろんとした犬の耳に口を近づけて、甘嚙《あまが》みした。思わず変な声が出る。

「そ……そんなとこ、嚙むなよ！」

顔を赤くして抗議《こうぎ》すると、エルドルフはしれっと言った。

「お前が硬《かた》くなってるから。これから命を使うぞ」

アムは小さくうなずいた。命を使うエルドルフも、気持ちよくなっているのだろうか。

「《仰臥《ぎょうが》》」

――いきなりそれなの⁉

でも、体は自分のものでなくなったみたいに動き出す。それが恥《は》ずかしいという気持ちと、その気持ちを克服《こくふく》して従った後の達成感を自然と想像し、体が疼《うず》いた。

アムはベッドの上で仰向《あおむ》けになった。これでいいかとエルドルフを見ると、その端整《たんせい》な顔がほころんでいる。

「いい子だ」

反射的に、ぽわんといい気分になる。酒を飲んだことがないからわからないが、酔《よ》っ払《ぱら》ったら、こんな感じなのだろうか。でも気持ちよさは頭の中だけで、やはり心は満たされない。

「仰臥が任務に必要なケースって、あるのかな……」

「曝露《ばくろ》もな」

アムはドキッとした。エルドルフの口元は笑っていたが、目は笑っていなかった。

「でもあるってことは、必要なんだ。関係を深めるために」

エルドルフはアムの顔のすぐそばに座り直すと、頭から頬《ほお》を撫でた。だがアムは目を合わせなかった。さっきの答えをもらっていない。本音では腹違いの弟をどう思っているのか。

「……アム、《見合》」

命で強制的に視線を合わさせられ、アムは潤《うる》んだ目で精一杯《せいいっぱい》にらんだ。

「……エルはオレを本当はどう思ってるの？　親父に言われてるからやってるんだろ、全部。オレにかける言葉とか、優しくするのとか、結局全部……」

エルドルフはアムの顔を見て、表情をこわばらせた。

「父様が密《ひそ》かにお前を捜《さが》してると知って、俺は頼《たの》みこんで、捜索《そうさく》隊に加えさせてもらったんだ。それは俺の意思だよ。行方《ゆくえ》不明の弟を捜すのは、兄としての義務だと父様には言ったが」

アムは琥珀《こはく》の瞳《ひとみ》の中の黒い虹彩《こうさい》を見ていた。昏《くら》い焔《ほのお》は消え、消し炭のように光がなくなる。

「……あの人にとっちゃ俺はただの道具なんだ。それでも認めてもらいたくて必死にがんばったし、言われたことはすべて完璧《かんぺき》にこなしてきた。でもお前に関することは、全部俺の意思だ。俺はお前のことを誰《だれ》よりもわかってるつもりだし、一番心配してる。小さい時ならともかく、今のお前を手なずけられるのは父親じゃない。俺だ。あの人には、絶対負けない」

父に対する屈折《くっせつ》した思いと剝《む》き出しの対抗《たいこう》心に、アムは戸惑《とまど》った。

「それに俺だったら、最初からもっとうまくやれてた。そもそもお前を行方不明にさせたりなんて、しなかった」

ちょっとだけ、心が軽くなった。

「俺がずっとついていれば、こんなに口が悪くてすぐ手が出るようにはならなかったのに……」

軽くなった心が急降下する。

「うるせぇな！　どうせガラ悪いよ！　十歳のガキが一人で平穏《へいおん》に生きていけるわけないだろ」

「そうだな。大変だったんだよな。いろいろ……。もういいよ、《直れ》」

エルドルフは顔を曇《くも》らせて、アムの体を起こした。

「……あのさ、オレって赤ん坊《ぼう》の時に誘拐《ゆうかい》されたんだって。オレが両親だと思ってた人たちって、誘拐犯だったのかな。だから、オレが母親だと思ってた人はどこかに連れていかれたのかな。小さい時から言われてたんだ。アムを連れていこうとする人がきっといるから、その時はとにかく逃《に》げなさいって」

話を真剣に聞くエルドルフは、珍《めずら》しくためらいがちに口を開いた。

「……いや、誘拐という扱《あつか》いで処理していたんだろうが、お前の本当の親だ。母親は反対派のやつらに連行されたんだろう。連れ去ったやつは、どんな感じだった？」

本当の両親だったと聞かされて、心の奥底にあった重たいものがなくなった。

「男が四人。顔とか見た目は、昔のことすぎて、あんまり。確かに、今思うと軍人ぽかった」

「ほかに思い出すことはあるか？」

「うーん……その後も男が家の周りに来たから、逃げたんだ。それからずっと逃げてた記《き》憶《おく》しかない。とにかく、母さんが連れていかれた時から、周りの大人とかずっと怖《こわ》かった」

エルドルフは、困ったような、でも優しい顔で笑って、アムの頭から頬を撫でた。

「そうか。無理に思い出さないでいい。今まで、ずっと一人で、よく生きてきたよな。偉《えら》いよ。お前は、本当に。無事でよかった……」

アムは面食《めんく》らった。しみじみと言うその口調が、打算など感じられない笑顔が、複雑に亀《き》裂《れつ》が入った心《こころ》に沁《し》みていく。こういう顔はずるい。こういう時だけ、兄の顔になる。

思いがけず褒《ほ》められて、しっぽが勝手に揺《ゆ》れ出してしまう。エルドルフはそれにチラリと目をやると、「かわいいな」とつぶやいた。

「……嬉《き》戯《ぎ》を、続けようか」

揺れるしっぽのせいで、下着がどんどんずり落ちていく。アムは腰骨《こしぼね》が露出《ろしゅつ》した姿で、もじもじと兄を見つめた。この人に、もっと褒められたい。もっと満たされたい。でもおねだりするのは癪《しゃく》だ。何かが物足りない。もっと満たされたい。でもおねだりするのは癪だった。


「こんなんで、関係深まるの？　もっと強い命出せよ」

アムが挑発《ちょうはつ》するように言うと、エルドルフの笑顔が固まり、獰猛《どうもう》な肉食獣《にくしょくじゅう》の目に変わる。

「いいのか？　それじゃあ最初の日と同じことになるぞ」

「……いいよ。一回してたら、何回しようが同じだろ」

「《曝露》」

強い命を放たれて、頭の中がカッと熱くなった。次第《しだい》にぼうっとして、体がだるくなる。気がつくとアムは下着を脱《ぬ》いで、ベッドの上で脚《あし》を広げていた。エルドルフがそれを見て口角を上げる。その目は、ひどく熱を帯びていて、恐《おそ》ろしかった。

「シャツの裾《すそ》が邪魔《じゃま》だな。よく見えない。裾を咥《くわ》えろ」

アムはシャツの裾をまとめて口に咥えた。手を後ろにつき、膝を立てて脚を開く。へそが露《あら》わになり、下半身はすうすうして心許《こころもと》ない。でもこれぐらい、別に平気だと自分に言い聞かせた。前にも見せているんだから。それより早く褒めてもらいたい。

「アム、《見合》」

エルドルフと目を合わせる。ギラギラと輝《かがや》く黄色い目で見つめられると、頭の中は一段と霞《かす》みがかかったようになった。視線は下にずらされ、舐《な》めるように降りていく。それが脚の間へとやってきた時には、若い性器は緩《ゆる》く勃《た》ち上がっていた。

「これはどうした？」

兄が、瑞々《みずみず》しく張った裏筋をちょんと人差し指の背で弾《はじ》く。

自分でも、どうしてこんなふうになっているのかわからない。まだ褒めてくれないのか。早く褒めてほしい。どろどろに甘やかしてほしい。だからもっと命がほしい。

「期待して、勝手に気持ちよくなってるのか？　アム」

アムは首を横に振《ふ》った。早く治まれと念じても、意思とは裏腹にどんどん熱が溜《た》まっていく。

「曝露は、お前みたいに利《き》かん気が強くて従わないやつを、心から服従させるためにあるんだ」

アムは顔を真っ赤にして、チラリとエルドルフを見た。もういつもの落ち着いた目つきとは全然違《ちが》う。昏く光る目で、ずっと恥ずかしいところを見られている。

アムはシャツを口から放して、ついに抗議した。

「ねぇ、早く褒めろよ！」

「勝手に気持ちよくなってるなら、必要ないだろう」

アムは再び仰向けになった。脚を曲げて大きく開き、手で腿裏《ももうら》を押さえる。でもまだ褒めてくれない。もう抑《おさ》えが利かなかった。その手は自然と下にずれていき、両手で尻《しり》の肉を割るようにして秘《ひ》められた窄《すぼ》まりを見せた。息をするように、ひくひくと動くのがわかる。

「これは……？　まだ、ダメ？」

切羽詰《せっぱつ》まった声に、エルドルフはなだめるように笑った。

「とてもいい眺《なが》めだよ。お前は最高の従者だ、アム」

「本当に……？」

「あぁ。ほかのやつには従わないのに、俺の前でだけ、こんな格好までしてくれる。こんなところ、ほかの誰《だれ》かには見せられないよな？」

「ん……」

従者として認められ、強い快感が頭の芯《しん》から全身にさぁっと広がる。エルドルフは、犬が尻のにおいを嗅《か》ぎ合うように鼻を近づけた。アムの内腿に鳥肌《とりはだ》が立つ。

「アムは下の毛も銀色で、ほとんどないよな……。すごくきれいだ。舐めたくなる」

エルドルフが話すたび、息がかかってこそばゆい。

お兄ちゃん、という言葉が何度も頭をよぎった。でもそれは喉《のど》まで降りては来なかった。

もしそこを舐められたら、と思うだけで股間《こかん》が熱を帯びていく。いくら嬉戯だからといって、兄弟でするようなことじゃない。でも、この人には自分だけを見ていてもらいたい。

「今日は、ここらへんで終わりにしようか」

アムは首をぶんぶん振った。ここでやめるなんてひどい。真っ赤な顔で兄を見つめると、輝く瞳に捕《と》らえられた。

「じゃあ、もっと……中まで見たいな。《広げろ》」

アムは顔を横に向けながら、指先でひくつくところを押し広げた。そうしながら、頭は快感で爆発《ばくはつ》しそうだった。こんなことまで自分はできてしまうのだ。この人に命じられると。

体の中に、頭の中に、エルドルフの圧倒的《あっとう》な力が入ってくるようだった。気持ちがいい。全部を委《ゆだ》ねると、アムはどこまでも走っていけそうだった。

体が、もう戻《もど》れないところまで昂《たかぶ》っていく。手が股間へと伸《の》びた。

「触《さわ》らずに、達してみろ」

アムは仰向《あおむ》けのままのけぞりながら、身悶《みもだ》えた。

「あ……無理……苦し……イキたい」

先端《せんたん》からは、透明《とうめい》な粒《つぶ》がぷくりと現れ、見る間に大きくなっていく。

「あと少しだ。できたら、とろとろになるくらい、褒めてやる」

エルドルフはアムの隣《となり》に横たわった。

「無理か？　俺の言うことが聞けない？」

「ううん、できるッ……今ほめて」

エルドルフは目尻《めじり》を下げると、「しょうがないな」と蠱惑的《こわく》に笑った。

「お前は筋がいいから、俺に褒められなくたって、すぐできる。敏感《びんかん》で、賢《かしこ》いから」

その言葉は愛撫《あいぶ》に等しく、アムは体をかすかに震《ふる》わせた。肌《はだ》が粟立《あわだ》ち、淡《あわ》い色の乳首《ちくび》もキュッと粒が立つ。この体の、細胞《さいぼう》の、一つひとつが、主者の言葉と動きに反応する。

アムの中は、エルドルフでいっぱいだった。耳から言葉で脳を犯《おか》され、全身を視線で舐め回され、下の穴からは息を吹《ふ》き込まれる気がした。

「もっと」

「ん？」

「もっと命を出して」

エルドルフは苦笑《くしょう》し、「ちょっとずつ、やっていこう」と言ってアムの髪《かみ》を指で梳《す》いた。

「アム、俺の指名を受けてくれて、うれしかった」

「うん……」

気持ちがよくて、もうすべてがどうでもいい。つまらない意地だとか、兄だからとか、全部どうでもいい。今、この人は、アムだけを見ている。

エルドルフが、アムの髪に鼻と口を埋《うず》めた。

「出していいよ。触らずに、達しろ」

「ンンッ……！」

気持ちよさが駆《か》け抜《ぬ》けて、先端から弾けた。

「あぁ、上手にイケたね、アム……」

恍惚《こうこつ》の中に浸《ひた》るアムは、その言葉でまたビクビクと体を震わせた。


「アム～？　大丈夫《だいじょうぶ》？」

全身の骨が抜け落ちていくような夕方。

キューちゃんに声をかけられ、ベッドに伏《ふ》せていたアムはヨロヨロと顔を向けた。

「はい、パン。肉、挟《はさ》めるだけ挟んできた」

「あ……ありがと……」

アムは起き上がり、キューちゃんが食堂から持ってきてくれたパンをかじった。

ここふた月は、獣化《じゅうか》した姿で訓練をしている。候補生たちの身の安全を守る術《すべ》を学ぶのだ。

その間、候補生たちは学校を離《はな》れ、それぞれの任に戻っている。

遠吠《とおぼ》えの練習はいいとして、暴漢役の教官が棒を持って襲《おそ》ってきたり、教官の臭《くさ》い革靴《かわぐつ》や危険物を嗅がされて、隠《かく》されたそれらを捜《さが》したりと、心身共にハードな訓練も多い。中でも大変なのは、敷地《しきち》内の川や池などをすべて使った地獄《じごく》の耐久走《たいきゅう》だった。

アムの足は速いが、持久力はそれほどでもない。まして、川を泳いだり泥《どろ》の中を走ったりしたことはなかった。最近では夕食を抜いて寝《ね》てしまうことも多く、それを見兼《みか》ねたキューちゃんや委員長が、食べるものを持ってきてくれるようになったのだ。

「明日《あした》だね、兄さんたち帰ってくるの」

アムの横に座り、キューちゃんが声を弾《はず》ませた。

「早く明日が来ないかなぁ。初めて一緒《いっしょ》に泳ぐんだ、兄さんと！」

「オレも……明日から合同演習だから、まだマシかも。遊びみたいなもんだもん。一日中走り続けなくていいし」

「僕も早く一緒に遊びたいよ〜。それで兄さんに、耳掃除《みみそうじ》とかヒレの付け根マッサージとかしてもらいたい〜」

候補生は主者のはずだが、完全にマイペースなイルカの世話係というか下僕だ。

アムは自分の主者を思い浮《う》かべた。ふた月前、触らずにイけと命じてきた暴君である。

一応エルドルフ自身が腹違いの弟を従わせたいと思っているのはわかったが、同時に父親への強い対抗心《たいこう》も知った。結局、会ったこともない弟を捜していたのは、父親が熱心に捜していたからじゃないだろうか。それならアムは、父親と競《きそ》うための道具に過ぎない。

本質的にはアム自身を見ていないくせに、何が「中まで見たいな」だ。それなのに、お尻の中を見られて気持ちよくなってしまう自分も最低だ。

今日も体中がギシギシして、筋肉痛がひどかった。やっぱり卒業までに逃《に》げればよかったと思う。肉を挟んだパンを一気に平らげると、アムは気絶したように眠《ねむ》った。

翌日、運動場へ移動すると、同じクラスの連中はもう運動場の端《はし》に一列に並んでいた。

しばらく待っていると候補生たちがやってきて、反対側の端にやはり一列に並ぶ。その中で、目が勝手にエルドルフを見つけ出した。黒い髪が夏の終わりの陽《ひ》を照り返し、遠目からでも王者然としたオーラを放っている。ドキンと心臓が跳《は》ねた。

やっぱりエルドルフが一番かっこいい。反射的にそう思ってしまった自分を叱咤《しった》する。

教官が「獣姿をとれ」と指示を出した。みな一斉《いっせい》に変化する。運動着は、内側から強い力がかかると脱《ぬ》げやすいつくりになっているのだ。

獣の姿になって初めてわかったのだが、ここは通称《つうしょう》イヌ科というだけで、馬やキツネ、イタチもいたのだった。どうりで、階級が厳密に存在するクラスの中にも「我関せず」の者が一定数いるはずだ。

向こうにいる候補生たちが、身をかがめて両手を広げたり、手を大きく振ったりしているのが見えた。エルドルフは楽な姿勢でただ立っている。その媚《こ》びない雰囲気《ふんいき》がやっぱり怖《こわ》い。

合図と共に、みな思い切り走り出した。アムも、一応エルドルフのところへ向かう。しかし、走りながらだんだん脚《あし》が遅《おそ》くなり、止まった。もう候補生の腕《うで》の中に飛び込んだやつがいる。自分の主に飛びついて、しっぽをちぎれんばかりに振《ふ》って、体をすり寄せている。

候補生は、自分の相棒の獣姿を初めて見る者ばかりだろう。全身で喜びを表す従者たちを、情けないくらい緩《ゆる》んだ顔で迎《むか》えていた。トージは、短い脚で一生懸命《いっしょうけんめい》に駆け寄るイタチを迎えに走っている。掬《すく》い上げるように小さな体を抱《だ》き上げ、目の高さに持ち上げると、長いお腹《なか》に頬擦《ほおず》りをして大事そうに抱《かか》えた。

素直《すなお》に、いいなと思った。みんな、その人自身を見てもらって、従者に選ばれたのだろうから。周りの様子をキョロキョロ見ながら進むと、エルドルフの声がした。

「……アム」

アムはてとてと歩いて、エルドルフの前でおすわりした。暴れた時にもうこの姿を見られているし、感動の対面とはならない。

エルドルフは怪訝《けげん》な顔をしてアムの前にしゃがみ、頭を撫《な》でた。

「……毛ヅヤが悪い。ちゃんと食べてるか？」

アムは耳としっぽを下げた。最初の言葉がそれかよ、と思う。いつも小言が多いのだ。

するとエルドルフは犬の姿のアムをぎゅっと抱《だ》きしめて、耳元で囁《ささや》いた。

「……ずっと会いたかった」

――たった二ヵ月だよ？

それなのにブワッと鳥肌《とりはだ》が立ったようになり、全身の毛が逆立った。

「お前の母親のこと、少し調べたよ」

銀のふさふさしっぽが、思わずぶんと揺《ゆ》れる。

「今日は、がんばろうな」

目を合わせて優《やさ》しく語りかけられると、自分自身を見てもらえている気がした。


今日の演習は、守備と攻撃《こうげき》の二グループに分かれて行われる。山頂の小屋にある旗を奪取《だっしゅ》し、ふもと近くにある指定場所まで持ち帰るというルールだ。正式な組になって最初の演習だから、ゲームの要素が強い。ただし、参加者は犬の組だけで、それ以外は別メニューをこなす。

生徒は、先に移動する候補生を捜し出して合流し、教官や守備側の組の妨害《ぼうがい》をかわしながら自分の主者を護衛しなければならない。いかに早く合流できるかが肝《きも》だろう。

アムはあちこち歩きながら鼻に意識を集中させ、兄の痕跡《こんせき》をつかもうとした。獣の姿になると身体《しんたい》能力が飛躍《ひやく》的に高まるが、自分ではその中でもかなり鼻が利《き》くほうだと思っている。

人にはそれぞれ特有のにおいがあり、その強さもまちまちだが、エルドルフは独特だった。パッと鼻腔《びこう》を掠《かす》めるのは高級石鹸《せっけん》のよい香《かお》りなのに、本人の体に鼻をくっつけてまともに嗅《か》ぐと、総毛立つような恐《おそ》ろしさを感じる。針葉樹のような芳香《ほうこう》と獣臭《けものくさ》さが混ざったような、野生のにおいがあるからだ。それらが重なって、特有の蠱惑的な香りになっている。

アムはすぐにエルドルフのにおいをつかむと、走り出した。素直にがんばろうと思えたのは、エルドルフが母のことを調べてくれたからだ。

アムは木立を抜けて川へと出た。においはここで途切《とぎ》れている。その時、対岸から発砲音《はっぽう》がした。使用するのは実銃《じつじゅう》だが、弾《たま》には塗料《とりょう》が入っている。攻守《こうしゅ》どちらだろうと、候補生が被弾《ひだん》したら、その段階で離脱《りだつ》しなければならない。

アムは川を泳いで渡《わた》り、またにおいを探してうろうろと歩き回った。

――こっちだな。

エルドルフは風上に移動しながら目標に近づいているのだろう。だが相手側の犬に見つかる危険もある。早く来いと言っているのだ。

アムは駆け出した。川上に向かい、走って、走って、においが濃《こ》くなるほうへと急ぐ。だが別の気配が近づいているのを感じていた。犬と人。一直線に山頂へ向かっていないから、恐らく守備側の組だ。向こうがエルドルフのにおいと特定しているかは定《さだ》かでないが、かすかな石鹸の香りはわかるだろう。どっちが先か。

その時、前からエルドルフが来る気配がした。と同時に、左手に別の気配を感じる。

「アムッ！」

「ワゥンッ」

左手から来た発砲音と共にアムは飛び出した。エルドルフの身をかばい、木立へと逃げ込む。

「アム、早いな！」

走りながら、エルドルフがうれしそうに言った。

「旗は奪取した！　戻《もど》る！」

「ワフッ」

アムは短く返事した。早い。悔《くや》しいが、さすがだ。

エルドルフは川下へと疾走《しっそう》する。後方から、守備側の生徒——大型犬が追いかけてくる。においを消して撒《ま》いて、などとはやっていられない。エルドルフはとにかく脚力《きゃくりょく》で逃げ切るつもりだ。でもそんなこと、できるのか。

一緒に走ったのは初めてだった。エルドルフは驚《おどろ》くほど速い。重装備ではないにしろ、ゴーグルをつけて小銃《しょうじゅう》を持ちながらだ。人とは思えないほどの速さに、アムは内心舌を巻いた。

「アム、合図と同時に足止めしろ」

アムは耳をピンと立てた。

「行け」

エルドルフの静かな一言で、アムは跳ねるように振り返って全速力で走り始めた。大型犬の生徒が身構える。そのはるか背後に、ペアの候補生が小さく見えた。アムの耳がエルドルフの音を捉《とら》え、後方にぐいと引っ張られる。兄は木立に入ったようだ。アムが大型犬となった生徒側の足止めをしたわずかな間に、エルドルフは横から回り込んで候補生を撃《う》った。

——被弾!

アムはパッと身を翻《ひるがえ》し、木立の中を並行して走る主者に全神経を集中させた。

少しして、エルドルフが木立から飛び出てくる。そのまま速度を落とさず走り続けた。

一人と一匹《いっぴき》が、ほとんど飛ぶように駆《か》けていく。アムはエルドルフの背中をただ見つめた。

耳を抜ける風の中に、異音がないか気にしながら。ほかの獣《けもの》のにおいがしないか、林の空気を吸いながら。左手の川面《かわも》が眩《まぶ》しい。右手にある木立がびゅんびゅんと前から後ろへ流れていく。

——楽しい。

興奮しながら、冷静でもあった。楽しい。エルドルフと呼吸を合わせて走るのが、楽しい。

遠い記憶《きおく》がふっと蘇《よみがえ》る。小さい頃《ころ》、こうして山の中を駆け巡《めぐ》っていた。たまに来る黒い犬を追いかけて遊んでいた。あの時の楽しさを思い出す。

緑の中を、木の中を、黒いしっぽを追って走っていた。

山を駆け降りてふもとに出ると、池を目指した。人工的に作られたぬかるみの奥が、帰還《きかん》場所に指定された東屋《あずまや》だ。エルドルフが走りながら旗を取り出し、持ち手の部分を外に向けた。

「アム、咥《くわ》えろ! 東屋へ、《着到》!」

命が放たれた。

着到。着到。着到。

アムはエルドルフから渡された旗を口に咥え、四つ足でぬかるみを走っていく。目指すは池に張り出した東屋だ。あそこに行く。

もうそれしか考えられない。エルドルフの命が、声が、言葉が、アムの中をただ支配する。明確な指示。頭の中はくっきりと晴れやかに、気持ちは高揚《こうよう》し、心拍《しんぱく》は上がる。自分はただ、命を聞くために存在しているのだと。その充実感《じゅうじつかん》が四肢《しし》を満たす。

エルドルフの足音が木立へ向かう。狙《ねら》われにくい場へと隠《かく》れ、アムだけを走らせて旗を届けるつもりだ。その時、右耳がくいっと無意識のうちに動いた。不審《ふしん》な音。誰《だれ》かが近づいている。エルドルフも気づいたのか、木の根元に身を寄せた。

アムは必死に走った。エルドルフを守らなければ。そっちに行きたい。でも命には逆らえない。泥《どろ》のついた重い脚《あし》を動かして、アムはただ走った。命を出した人のそばに行きたい。守りたい。でもダメだ。

アムが東屋に入った少し後、銃声《じゅうせい》が響《ひび》いた。アムは旗を投げ捨てるように置いて、そのまま速度を緩めずに自分の主者のもとへ走った。

エルドルフは守備側の候補生二人に囲まれている。胴部《どうぶ》に青の塗料がついているのが見えた。

――遅かった！

「アム！」

立て膝《ひざ》になっていたエルドルフがアムを見る。

「ウウワンッ！」

アムはエルドルフに飛びついた。ワンワン吠《ほ》えて、前脚でどこどこと胸を蹴《け》る。

「ちょっ、落ち着け！　アム！」

怒《いか》りが止まらなかった。

これが演習でなければ、エルドルフは撃たれていた。でもアムは命には逆らえない。主者が、自分の身の安全より任務の遂行《すいこう》を優先して命を出したら、従者はそれに従うしかない。

……もし、主者が死ぬことになっても。

「バカッ、バカッ、オレに二度と命出すなッ」

「アム、おい、ちょっと、お前、獣姿《じゅうし》をとれ！」

エルドルフが珍《めずら》しく焦《あせ》った声を上げ、素《す》っ裸《ぱだか》で馬乗りになるアムの両腕《りょううで》をつかんだ。

「うっさい、犬になれとかなるなとか、うるさいんだよ！」

アムの目から自然と涙《なみだ》が出ていた。

「命なんて出すな、オレは自分で考えられる！　自分で判断する！」

端整《たんせい》な顔に、サッと激しい怒りが差した。

「何を言ってる？　主従と命の意味をまだわかっていないのか⁉　二人の動作にブレがないからこそ、最高の成果が得られるんだろう！　いい加減にしろ！」

「じゃあそれでエルが死んだら、オレどうすればいいんだよ！」

エルドルフの顔から怒りが消えた。手首を強くつかむ力が薄《うす》れる。

「だって今、弾当《たま》たってるじゃん」

エルドルフは笑って「お前が東屋に入ったのを見たから」と言った。

「よけないでもいいかなと思ってな」

「なんだよそれ」

アムはぽろぽろ泣いた。なんでこんなに悲しくなるのか、自分でもわからなかった。この人がいなくなったらと思うと怖《こわ》くてたまらない。それだけで、こんなに情緒《じょうちょ》不安定になる。

——好きなんだ。

他人事《ひとごと》のように気がついた。エルドルフが死んだらと思うだけで、辛《つら》くなるほどには。

「獣姿をとれ」

アムはすぐに犬の姿になった。泣いた顔を見られたくないが、言う通りにするのも癪《しゃく》だった。

「大丈夫《だいじょうぶ》。俺は死なない。信じろ」

アムはムッとにらんだが、エルドルフは泥だらけの犬をぎゅうっと抱《だ》きしめた。周りの人たちもそれで安心したのか、何も言わずに去っていく。

アムが低く唸《うな》っても、エルドルフは放さない。うがうがと犬語で文句を言うと、エルドルフは「ありがとう」とつぶやいた。

「走るのは楽しかった。お前は、やっぱり最高の相棒だ」

アムは目を泳がせた。不安定で攻撃《こうげき》的な気持ちは消えて、じんわりとうれしさが滲《にじ》み出る。

「今日の始まりの時……みんな走って飛びついてるのに、お前は全然そんなことしてくれないから、寂《さび》しくてさ……でも今、めちゃくちゃうれしい」

——そうだったんだ。

少しの罪悪感と、くすぐったいような誇《ほこ》らしさが、同時にやってきた。

悔しいけれど、もう認める。自分は、やっぱりこの人に惹《ひ》かれている。

腕にすっぽり包まれると、いつもよりも濃い、野生のにおいがした。これを嗅《か》ぐだけで、アムは身動きがとれなくなる。本能的な恐《おそ》ろしさ。危険に惹かれる、倒錯《とうさく》的な快感。まるで麻薬《まやく》を吸い込んだように、判断力が麻痺《まひ》していく。

ぎゅうぎゅう抱きしめられ、しばらくそのままでいた。アムがおとなしくなったのを感じて、エルドルフは体を離した。

「汗臭《あせくさ》いな」

地面に座るエルドルフは、自身の肩《かた》のあたりを嗅いで言った。

「早く風呂《ふろ》に入りたい。お前は泥だらけだから、しっかり洗ってやる」

げ、と思ったが、エルドルフはにっこり笑って、アムの首根っこを押さえた。

もともと、風呂は嫌《きら》いだ。長風呂は特に。

「アム、逃《に》げるな」

洗い場で叱《しか》られた。背中から抱《かか》え込まれ、銀の犬はジタバタと兄の腕の中でもがいた。

「周りを見てみろ。みんなおとなしく洗われてる」

候補生の風呂の時間は、アムたちが入れる時間よりも早く設定されている。だから普段《ふだん》は一《いっ》緒《しょ》になることはあまりないのだが、今日は演習後にそのまま風呂になだれ込んだだけあって、洗い場はすべて埋《う》まり、候補生が獣姿をとったままの従者を洗っていた。

犬の生徒たちは、演習後に教官たちにより水をざぶざぶかけられ、あらかたの泥は落とされている。それでも、毛足の奥までよく洗わなければいけないと、みんなモコモコに泡立《あわだ》てられているのだ。ざっとは洗ったのだから、もういいと思うのだが。

「命を使うぞ。それでもいいのか？」

アムは逃げ出そうとした。だがタイルの床《ゆか》では滑《すべ》ってしまい、爪《つめ》がカチャカチャと鳴る。

「《割座》」

ぺたんと座ってしまった。

「いい子だなぁ」

アムはムスッとしながら、諦《あきら》めてエルドルフの手を受け入れた。毛に液体石鹸《せっけん》を振《ふ》りかけられ、わしわしと背中をこすられる。毛が長いから、絡《から》まったりしそうで嫌《いや》なのだ。しかしたっぷり泡立てられているせいか、毛が引っ張られる感覚はない。

「そうそう。うん、二回目だからかな、ちゃんと泡が立ってきた」

一回目は毛の表面をざっと洗っただけだったが、今度は指の腹で地肌《じはだ》をマッサージするように、細かなところまで洗ってくれる。腹から背中、頭、しっぽの付け根から先までを丁寧《ていねい》に洗われると、ものすごく気持ちがよかった。敏感《びんかん》な足の先はそっと扱《あつか》い、指の間の汚《よご》れも落としてくれる。アムはされるがままになった。意外と悪くない。

「キャン！」

しかし大事なところまで撫《な》でられて、アムは飛び上がりそうになった。

「しょうがないだろ。お前のその手じゃ洗えないし、人になったら毛が引っ込んじゃうし」

エルドルフはアムの脚《あし》の付け根をごしごしと洗うと、「顎《あご》上げて」と言った。

喉《のど》から腹までを優《やさ》しく撫でるように洗われて、アムはうっとりと目を細めた。耳の付け根もほぐされるように揉《も》まれると、天国にいる気分だ。

「はい、終わり」

お湯をかけられてきれいになると、アムはブルブルッと体を震《ふる》わせて水気を飛ばし、人の姿に戻《もど》った。

「ありがと。気持ちよかった」

エルドルフはそれを見て、ニコッと笑った。

「よし。湯船は獣姿で入っちゃダメだからな。どうしても毛が……」

「オレ、湯船はいいや」

話の途中《とちゅう》で出ようとするアムの腕を、エルドルフががっしりとつかんだ。

「ダメだ。湯にしっかり浸《つ》からないと、毛穴の奥の汚れまで取れない」

「そんなことないって。二回も洗ってくれたし」

しかし低い声で「アム」と言われ、しぶしぶ従った。湯船に入るのは、実は初めてなのだ。

アムはつま先をちょんと入れて、すぐに引っ込めた。

「むりむりむり、熱いよ、コレ！」

「お前は犬のくせに全身猫舌《ねこじた》だな。尻《しり》まで浸かれば熱く感じないから、とにかく入れ」

手首をつかまれて一緒に入らされた。確かに腰《こし》を下ろせばなんとかなるが、早く出たい。

立ち込める湯気の奥に進むにつれ、異様にくっつきすぎている二人が何組も見えてくる。その行為《こうい》がなんなのかわかった瞬間《しゅんかん》、アムは愕然《がくぜん》とした。

「おい、部屋でやれ」

かなり濃厚《のうこう》なキスを交《か》わしていた二人に、エルドルフは呆《あき》れた声で注意した。

「アム？　お前、目がまんまるになってるぞ。顔の半分くらいが目になってる」

「だってだってだって」

アムは兄の腕にしがみついた。

「な……なんか、え？　なんでみんなアレ見て普通《ふつう》にしてるの？　あ、あんな、ベロベロって」

「うーん……大概《たいがい》そうなるから」

「イヌ科とトリ科はな」

不機嫌《ふきげん》な声が聞こえた。湯気の奥で、腕組《うでぐ》みをしながら座る浅黒い男がいる。

「あ、ナセル」

キューちゃんの相棒のイルカオタクだ。目鼻立ちのはっきりした濃《こ》い顔は、険しい表情を刻んでいた。

「従者を性的搾取《さくしゅ》するなんて、信じられん。人として恥《は》ずかしくないのか」

ナセルの言葉に、エルドルフは嫌そうな顔をした。

「同意の上だ。だいたいウミ科がなんでこの時間に入ってるんだ？　というか、お前らも風呂に入るんだな」

「実習続きで体が冷えるからだ。俺たちは従者に自分を合わせる」

「一緒に泳ぎたいだけだろう」

ナセルは、ギロッとエルドルフをにらんでからアムに向いた。

「アム、お前も嫌なことは嫌と、はっきり言ったほうがいい。従者との性的な交わりは、本来軍規違反《いはん》だ。もし何か不当な扱いを受けたら、俺の……いや、ウミ科のところへ駆《か》け込んでこい。俺たちが守ってやる」

「兄さん……！」

思わずアムが漏《も》らしたつぶやきに、隣《となり》にいるエルドルフが不満そうなため息をつく。だがキューちゃんではなくても、兄さん兄さんと慕《した》いたくなる感じだ。

ナセルはザバッと立ち上がり、イチャイチャするイヌ組に注意をしながら湯船を出て行った。

「……なんでウミ科と仲悪いの？　従者に対する見解の違《ちが》い？」

トリ科とは仲がいいのに。

「海獣《かいじゅう》オタクの集まりに国防が務まるか」

エルドルフが冷めた顔で言う。

「将校に求められるのは指揮だ。現場に出たって、あいつらは船の中にいるんだぞ。実習で一緒に泳ぐ必要性が全然ない。ウミ科は幹部候補生じゃなくて、保安部隊志望者にすればいいんだよ。父様にも言っている」

「よそのところに口は出せん、ということだ」

エルドルフは濡《ぬ》れた髪《かみ》をかき上げて、忌《い》ま忌ましそうに言った。

「でもまぁ、あいつの言うことはもっともなところもある」

「ふーん」

「性的ナントカするなってやつ？」

「そう。でも嬉戯《きぎ》をしてて、そういう関係になるのは世間的にも不思議なことじゃない」

チラリと流し目で見られて、アムは目を伏《ふ》せた。

「でも……でも、そういうのは、よくないと思う。……だって、ほかの人たちはともかく、俺たち……兄弟だろ？」

本人だけに聞こえる声で言うと、兄は体を傾《かたむ》けて、アムの耳元で囁《ささや》いた。

「じゃあ、血がつながってなかったら？」

アムがパッと顔を見ると、エルドルフは水の伝う唇《くちびる》をチラリと舐《な》めた。射るような視線とむせたくなるほどの色気に、アムはまた目を逸《そ》らした。

「もしそうだったら、お前はどうする？」

——どうするって……言われても。

血がつながっていないって、どういうことだろう。頭がぼうっとして、心臓がドキドキする。

「おい、アム、のぼせてないか？　目の焦点《しょうてん》合ってないぞ」

「親父《おやじ》はなんて？」

エルドルフが急に慌《あわ》てた声になり、アムをガバッと湯船から立ち上がらせた。

「ほら、水」

脱衣《だつい》場で座っていると、エルドルフが冷たい水を渡《わた》した。食堂でもらってきてくれたのだ。

「具合どうだ？　ごめんな、無理させた」

氷嚢《ひょうのう》をアムの頭に載《の》せて、エルドルフが心配そうに言う。

「いや、ちょっと、いろいろびっくりしたから……別に平気。メシ行けるよ」

「あれ、アム、大丈夫《だいじょうぶ》か？」

床《ゆか》に座り込んでいるアムを見て、風呂《ふろ》から出たばかりのトージが声をかけた。胸にはイタチを抱《だ》いている。

トージが洗い場の端《はじ》っこで小さなイタチを洗面器の湯船に入れ、ニコニコと見ていたのを、アムはちゃんと目視で確認《かくにん》していた。……トージ自身は、湯船に浸かることもせずに。

「大丈夫だよ」

気まずくなり、アムは立ち上がった。

「お前、熱い風呂苦手だもんな～。無理すんなよ」

トージは、タオルでイタチを優しく拭《ふ》きながら言った。自分のことは全部後回しにして。

エルドルフが横から、「食堂、行こうか」と静かに言った。

食堂では珍《めずら》しく黙々《もくもく》と夕食をとった。その後、言われるがまま一緒《いっしょ》にエルドルフの部屋に行くと、部屋の主は無言で着替《きが》え始める。アムは「ベッドに座っていい？」と訊《き》いた。

「もちろん。いちいち許可なんてとらなくていい」

「だってこの前、『誰《だれ》が座っていいと言った？』みたいなこと言ってたじゃん」

アムは偉《えら》そうな声を再現しながら、ベッドにボスンと腰を落とした。

「そういえばそうだったたな。悪い」

Tシャツ一枚になったエルドルフは、アムのすぐ隣に座った。脚《あし》を開いて前屈《まえかが》みになり、肘《ひじ》を膝《ひざ》の上に置く。直後に、大きくため息をついた。

「俺は、まだ甘やかし力が足りないな……」

エルドルフは両手で顔をこすった。

「なんか、大丈夫？　偉そうじゃないと、かえって心配なんだけど」

「いや……悪い。風呂も無理に入らせてしまって」

「いいって。それよりさっきの、血がつながってないって、どういう意味？」

「あぁ……俺は、養子なんだよ」

「えっ」

「大臣はそれを一切《いっさい》明かしていないから、アムも他言しないでほしい」

アムは咄嗟《とっさ》に何度もうなずいた。

「大臣夫妻には何年も子どもができなくて……それで赤ん坊《ぼう》の頃《ころ》に引き取られたのが俺だ。でも五年後に、お前が生まれた」

アムは、ゴクリとつばを呑《の》んだ。

「その頃大臣は……まだその地位ではなかったが、今の主従制度を作るために奔走《ほんそう》していた。お前の母は、捨てられた人獣《じんじゅう》の子を育てる施設《しせつ》で働いていたんだ。だが子どもを産んだ後、突《とつ》然失踪《ぜんしっそう》している。子どもはその施設に入ることになっていたようだ。公的な記録はそれだけだ」

「失踪って……」

「十八年前。産んだ直後だな。父親は不明、となっている」

脳裏《のうり》に、常に優《やさ》しかった母の顔が浮《う》かんだ。考えたら、あんな山奥で、女性の人獣が小さい子どもを育てながら一人で暮らせるはずがない。父が生活を援助《えんじょ》していたのだろう。

話を聞きながら、エルドルフがここまで一度も「父様」と言っていないことに気がついた。

エルドルフの過剰《かじょう》な対抗《たいこう》心を知るアムは、胸が締《し》め付けられた。

「……あのさ、エルの本当の親って？」

「さぁ……どこかにいるとは思うけど、わからないな。自分から訊いたことはないし、向こうが話したこともない。ただ俺は物心ついた頃から、貰《もら》い子だとは聞かされていた」

大臣は、捨てられた人獣の子を集めた施設を作っていたという。それならエルドルフも、そういう境遇《きょうぐう》にいて引き取られたのだろうか。前に、必死に努力してきた生徒の気持ちがわかると言っていた。これまでの人生を不運だと思っていたアムだが、自分にはまだ実の父がいる。

アムは、何か申し訳ない気持ちと、どうにかエルドルフを癒《い》やしたい気持ちとで、いっぱいになった。でもうまい言葉が見つからない。

「……オレ……オレはさ、血がつながってなくても、今はエルのこと、兄貴だと、思ってるよ」

アムは自分の気持ちをおずおずと言った。

「自分に兄貴がいるっていうの、不思議な感じがしたけど、悪くないなって……」

「お前は、兄貴の前でケツの穴まで広げて見せるのか？」

冷ややかな声で言われ、アムは言葉に詰《つ》まった。

「でも、あれは命で……」

「本当に嫌《いや》だったら、昏迷《こんめい》するから」

アムは口をつぐんだ。確かに、それを受け入れたのは自分だ。

「俺も、お前のことを弟と思ってるよ。でも血がつながってなくてよかったとも思う」

なんでそんなに冷たい言い方をするのだろう。アムは視線を落とし、自分の手を見た。

「……どういう意味？」

エルドルフはアムの顔を横から覗《のぞ》き込み、顎《あご》をつかむと、パッとキスをした。

「こういう意味」

びっくりしたアムの顔を見て、エルドルフが苦笑《くしょう》した。

「耳が出てる」

アムは耳をぺしょんと下げ、真っ赤になった。

「……なんで」

「なんでだろう。本能なのかな」

エルドルフは大きく息を吐《は》いて、自嘲《じちょう》するように笑った。

「本音を言うと、お前に初めて会った時から、絶対に俺のものにしたいと思ってた」

その感情って、本当に好意なのか。支配欲ではなく？　父への対抗心ではなく？

「……会ったこともない弟を一生懸命《いっしょうけんめい》捜《さが》したのはなんで？　父親の愛人の子なのに？」

エルドルフは答えるのをためらっているようだった。切ない気持ちが膨《ふく》らんでいく。

「エルは……オレが弟じゃなくても、自分のものにしたいと思った？」

「……それは、わからない。お前は、最初から、俺の弟だったから」

エルドルフが困ったような顔で言う。

「じゃあ……じゃあ、カイマーが弟だったら、カイマーを好きになるんじゃないの？」

「……どうかな」

エルドルフはアムの頬《ほお》に手を当てた。

「お前は俺に心酔《しんすい》なんて全然してないし……自由で、反抗《はんこう》的で、腹が立つけど、その分かわいい。従わせたくなる」

「なんだよ、それ」

アムはムッとした。同時に、悲しかった。

「エルは、オレが大臣の実子で、義理の弟だから構うんだろ。それで……従者だから、だ」

「……でも、その全部がお前を形作るものだろう。どの要素も、抜《ぬ》いたりなんて実際できない」

「じゃあエルは義理の弟じゃなくても、ビリのオレを指名してた？　オレのこと、常に親父《おやじ》と張り合うための道具にしてるとこ、ない？　人獣の能力の高さを証明するために、オレが必要って前に言ってたよね？　エルは自分のことを道具だって言ってたけど、オレに同じことしてると思う」

エルドルフの顔がこわばり、アムから目を逸《そ》らした。

「……お前を道具だなんて、思ったことはないよ。信じてくれ」

エルドルフはまた膝の上に肘を置き、前傾姿勢《ぜんけい》に戻《もど》る。黙《だま》ったまま、時間が過ぎていった。

「……アム、俺と嬉戯《きぎ》をしよう。それで、お互《たが》いの気持ちを、確認しよう」

振《ふ》り向いた目は、また昏《くら》く光っていた。

「お前は、俺を兄貴と思ってるって言うが、実際は兄弟以上の関係を許していると思う」

アムの背筋に、何かが走る。怖《こわ》いと思う気持ちと、食われたいというような気持ちが合わさって、魅入《みい》られたように動けなくなる。

「お前がそれを否定するなら、前に決めた柵《さく》を言って、俺を止めてくれ。そうしたら、俺は、もう二度と性的なことはしないから」

エルドルフは、ベッドに座るアムに「《脱衣《だつい》》」と命じた。

軽い命だ。シャツのボタンを一つずつ外していくと、粘《ねば》りつくような視線を感じる。それだけで息は上がり、心拍《しんぱく》が乱れた。ズボンも脱《ぬ》いで下着姿になると、アムは義兄《ぎけい》を見つめた。

「よくやった」

甘い痺《しび》れのようなものが全身を襲《おそ》う。アムは目を伏《ふ》せた。

「体をさわっていいか？」

小さくうなずくと、エルドルフがアムの腰骨《こしぼね》に手を置いた。白い体に、手がくまなく這《は》っていく。脇腹《わきばら》から、腹、そして胸。親指が乳首《ちくび》を掠《かす》めた。

「《見合》」

また軽い命を出されて、アムは目を合わせた。切なそうな瞳《ひとみ》が視界に映る。ベッドの上に押し倒《たお》され、指で胸の先を優しくいじられながら、アムは目を逸《そ》らせないでいた。

「……ちゃんと俺の目を見てくれて、うれしいよ」

また気分がよくなった。こうなることが本能なのだとわかっていても。

胸の先をちゅっと吸われ、背中がのけぞった。舌と唇《くちびる》で潰《つぶ》すように愛撫《あいぶ》され、丁寧《ていねい》に吸われる。薄桃色《うすももいろ》だった乳首は赤く色づいた。舌はだんだんと下腹部へ下がっていく。

「《曝露《ばくろ》》」

下着を脱いで全裸《ぜんら》になった。顔が熱い。いや、肌《はだ》のすべてが、ちりちりと熱を帯びている。

「毎回偉《えら》いな。アムは」

その言葉で脚《あし》を開いた。とても気持ちがいい。恥《は》ずかしい格好をするのは、エルドルフのためだ。たった一人の主。この人だけが、アムの中にまで入ってこられる。

「お前のを、口でかわいがっていい？」

迷いながら、アムはうなずいた。好きな気持ちが溢《あふ》れて、震《ふる》えるように勃《た》ったところを口に含《ふく》まれ、アムは小さな悲鳴を上げた。先の割れ目を舌先でほじるように舐《な》められる。じゅぷじゆぷと音を立てて吸われると、もう我慢《がまん》できなかった。

「あ……出ちゃう、出ちゃっ……」

寸前のところでエルドルフは口を外した。裏筋を舌先で淫《みだ》らになぞって袋《ふくろ》の谷間から会陰《えいん》に行き、体の真ん中を通る線を辿《たど》る。

いくら血がつながらない兄弟とはいえ、こんなことをしているなんて、父に知られたくない。罪悪感の一方で、主者から褒《ほ》められて尽《つ》くされているという実感が恍惚《こうこつ》を生み出した。

「ああっ」

窄《すぼ》まりを舐められ、思わず大きく腰《こし》が動く。ぴちゃぴちゃと音が響《ひび》いた。

しばらくして、エルドルフが体を起こした。ベッドを出て、瓶《びん》を手にして戻ってくる。中のクリームを後ろの穴によく塗《ぬ》りつけられると、一瞬《いっしゅん》冷たく感じたそれはすぐに温みを帯びて、敏感《びんかん》な皮膚《ひふ》にまとわりついた。アムの体は、今はエルドルフのものでもあった。

「アム、指を入れるよ。息を吸って、吐いて」

エルドルフが優しく声をかけながら、中をほぐしていく。汗《あせ》が出てきた。

「指、慣れなくて、辛《つら》いよな？　もう少しだけ我慢だ。少ししたら、よくなってくる」

異物感はあるが、痛くはなかった。この人のすることなら耐《た》えられる。だって、アムが本当に怖がることは、しないから。

「すごくいい締め付けだ。でももう少し緩《ゆる》められたら、もっといい……そう、偉いね、アムは言われたことをすぐできる」

エルドルフは指をくいっと中で曲げた。指先がある場所を押し、そこを重点的に攻《せ》められる。

「アッ、はっ、ハッ、ハッ、ダメ、エル、そこ、変……」

体の奥がむず痒《がゆ》い。今まで感じたことのない、妙《みょう》なうねりの感覚がある。

「変なんじゃない、気持ちいいってことだよ。指で、気持ちよくなってるんだ」

奥から来るものはいっそう大きくなって、エルドルフの言葉と一緒《いっしょ》に頭の中に届いた。はっきりとわかる。これは快感だ。指の動きに合わせて、アムは蕩《とろ》けた目で淫らに腰を揺《ゆ》らした。

「いい子だ、本当に……なんで……そんなにちゃんと俺の言うことを聞けるんだ？」

エルドルフは目を昏く輝《かがや》かせながら、切なそうに囁《ささや》く。エルドルフは息を一度意識して止めてから、大きく吐き、指を抜いた。自分のズボンの前立てを緩め、中から自身を引っ張り出す。

アムは思わず目を見張った。

風呂《ふろ》で見てはいるから、普《ふ》通《つう》の時でも大きいのはわかっていた。でも勃っているのを見るのは初めてだ。その凶暴《きょうぼう》な長さと太さ、カリの強い張り出しに、震えが来そうになった。

「これから、俺の全部がお前の中に入る。最初は苦しいかもしれない。でも慣れたら、とってもなく、気持ちがいいんだ。お互い……」

アムはぼうっとしていた。恐《おそ》ろしさと同時に、頭の中が痺れるような感じがする。

エルドルフが好きだ。こうすれば、アム自身を見てもらえるのだろうか。

「アム……嫌だったら、柵を言えよ？」

アムはこくんとうなずいた。体全体が熱くなって、目の前にいる主者の存在すべてに敏感に反応していた。その表情を見ていたエルドルフは、自身の怒張《どちょう》をその洞《うろ》にあてた。

こんなふうにしていいのかと、頭の奥でかすかに声がする。でも理性のためらいは霞《かす》んで、目の前の快楽に流されてしまう。心が、この人にもっと好かれたい、と囁く。

「アム……ちゃんと覚えてて。俺を」

重いものが入ってくるのとは対照的に、アムの意識は急激に遠くへと引っ張られた。快感の渦《うず》に巻き込まれるような中で、なぜか寂《さび》しい気持ちがする。何か、大事なことを忘れている。森に落とし物をしてしまったような。エルドルフと走った情景が目の前に浮《う》かんで消えた。

「………お兄ちゃん……」

体がふっと軽くなった。エルドルフが目を大きく開き、アムを見ている。しばらく何が起きたのか理解できなかった。

「お兄ちゃん……」

もう一度口に出すと、小さい頃《ころ》に戻った気がした。遠く、甘い日が走り去る。その記憶《きおく》のしっぽをつかみ損《そこ》ねて、アムは義兄の手首を握《にぎ》った。

「悪かった。無理をさせた」

エルドルフが苦しそうに言い、自身の服を整えた。

——あぁそうか、柵の言葉だった。

「卑怯《ひきょう》だったな。こんな状態のお前に……普段《ふだん》、絶対従わないって言ってるのに」

エルドルフは隣《となり》で横になり、アムの体に半身を乗せて首筋に顔を埋《うず》めた。

しばらくして、霧《きり》が晴れるように頭がハッキリしてきた。これで、終わりなのか？　エルドルフは、それでいいのか？

「……エル？」

耳元で小さなため息がした。顔を上げた義兄は、いつもの余裕《よゆう》を取り戻していた。

「なに？」

「あのさ、柵、違《ちが》う言葉にしない……？」

エルドルフは苦笑《くしょう》した。

「いいんだ。これからは、ちゃんと、『お兄ちゃん』になるよ」

頭を撫《な》でられて、アムは三角の耳を伏せた。

こんなことをしてはいけないと思う自分が、無意識にその言葉を口から出したのだろうか。じゃあアムは本能に溺《おぼ》れながら、理性の言い分を聞いたということか。

いや、何が本能でどれが理性なのか、もうよくわからなかった。

兄がいることはうれしい。弟としてかわいがってもらえるのも。でもエルドルフには、アム自身を見てもらいたい。「お兄ちゃん」のまま、主者になってほしい。そういう気持ちのどこまでが本能なのか、アムにはわからなかった。エルドルフの、奥底にある気持ちも。

エルドルフがどんなにアムの中に入ってきたって、結局向こうが考えていることは、何一つわからない。別の存在だから。それが悲しい。

ただ一つ確かなのは――エルドルフは二度と、アムを弟以上に扱《あつか》うことはないだろうということだった。

一人で生きなければならなくなってから、アムは冬がずっと嫌《きら》いだった。

この国では、新年の一週間は家族で過ごすのが普通だ。大晦日《おおみそか》の二、三日前からどこも仕事は休みになるから、その日暮らしに近いアムは、一人でなんとか凌《しの》がねばならなかった。

でも今年の冬は、いつもと違う。エルドルフと実家に帰るのだ。父と会うことが楽しみな反面、緊張《きんちょう》してもいた。

委員長とキューちゃんも、それぞれ主者の家に寄ってから実家に帰るという。実家はかなり遠いらしく、年一回の帰省ということもあって、二人は休みに入った昨日、早々に寮《りょう》を出て行った。エルドルフは仕事があり、明日迎《むか》えに来る予定だ。

ガランとした部屋にいると、なんだか寂しい。校舎は施錠《せじょう》され、食堂や風呂も閉まってしまうから、この時期だけは特別に外に出ることが許可されている。ここに残る者には缶詰《かんづめ》類が支給されるのだが、ずっとそれだけだと味気ない。

散歩でもしようかと寮の外に出ると、トージに出くわした。

「あれ、トージ、まだいたの？」

首には、臙脂《えんじ》色《いろ》のマフラーと一緒にイタチを巻いている。

「うん。明日出ようと思ってさ。……というかな、実はヴォドリーから頼《たの》まれてたんだ。今日だけ、お前の面倒《めんどう》見てくれないかって」

おもしろくない気分になった。いかにもあの兄が考えそうなことだ。

「お前、大きい目が半分くらいになってるぞ。ヴォドリーもお前が逃《に》げないか心配なんだろ。ほら、みんなでメシ食いに行こう」

イタチは首から外されると、シュンと人の姿になった。素《す》っ裸《ぱだか》の体に、トージが急いで服を着せる。甲斐甲斐《かいがい》しく世話をする様子に、アムは羨《うらや》ましくなった。

「いいなー」

「ヴォドリーさんはしないの？」

マフラーを巻かれながら、イタチが言った。個人的に会話をするのは、初めてかもしれない。焦《こ》げ茶《ちゃ》の髪《かみ》に黒目がちの瞳《ひとみ》がかわいいが、普段から愛想《あいそ》のないやつだ。

「……したとしても、小言がついてくる。てかさ、お前のこと、なんて呼べばいいの？」

「イタチでいいけど。みんなそう呼んでるし」

「え、トージはなんて呼んでるの？」

「朱《しゅ》……」

イタチが手を伸《の》ばし、何か言いかけたトージの口をパッと塞《ふさ》いだ。

「春にはわかるんだからいいだろ、別に」

トージが笑いながら窘《たしな》める。

「なに、春って？」

若干《じゃっかん》のモヤモヤを感じつつ、アムは訊《き》いた。今日一日、二人の親密さを見せつけられるのかと思うと、ちょっとうんざりする。

「命銘式《めいめいしき》があるんだよ。俺たちは、お前たちに銘をつける。そのお披露目《ひろめ》をもって、卒業！」

卒業、のところで、トージはパンッと手を打った。

「作戦上の愛称《あいしょう》みたいなもんだけど、それが公的にはこの後ずっと使われるから」

「へー。じゃあイタチはもうつけてもらったけど、内緒《ないしょ》ってこと？」

「そういうこと」

ツンとした態度で歩き出すイタチを見て、トージは苦笑した。

「ごめんな。二人の時は素直《すなお》で甘えたがりなんだけど……」

余計にイラッとくるので、その情報はいらなかった。

学校の敷地《しきち》は山になっている。ふもとまで下りてさらに数キロ歩くうち、「疲《つか》れた」とイタチが言い出した。もうちょっとで店というところで、シュンと獣《けもの》の姿に変わる。

「あぁっ、しょうがないなぁ……ったく」

トージはイタチをとりあえずコートのポケットに入れると、服をかき集めた。

「お前、トージに甘えすぎだろ。そんなんで、どうやってトージを守るんだよ」

顔だけ出していたイタチは、プイッとポケットに隠《かく》れた。トージがその上から撫でる。

「いいんだよ。俺は前線には基本出ないし。イタチだと体が小さいから、あちこち行けるだろ。

屋根裏とかにも。俺の仕事には役に立つんだ」

……トージがいいなら、別にいいのだが。

さらに歩くと、数軒《すうけん》の家が立ち並ぶところにやってきた。トージが物陰《ものかげ》に入り、人になったイタチに甲斐甲斐しく服を着せる。その様子をアムはしらっと見ていた。

店に入ると、既《すで》に数人の客がいる。その中には、ウミ科の候補生と、相手の生徒もいた。テーブル席について注文すると、アムは今日ずっと気になっていたことを訊いた。

「あのさ、二人はエッチな嬉戯《きぎ》とかするの？」

水を飲んでいたトージはブッと噴《ふ》き出したが、イタチは「するよ」とそっけなく返した。

「そっちはしないんだ？」

「オレは……そういうの、やめてもらってる感じ」

「お前さ、訊き方が直接的すぎるだろ」

トージの抗議《こうぎ》を無視して、アムはイタチに訊いた。

「それって、お前から頼んだの？」

「そうだよ。だって主者は、従者のお願いを聞くために存在してるから」

アムは黙《だま》った。今まで、そういう発想はなかった。

「でも命を出されたら逆らえないの、嫌《いや》じゃない？」

「だから、嫌な命を出さないなって信じられる相手を選ぶ。それに嫌だと昏迷《こんめい》するし」

トージがそそくさと席を立ち、違う席にいたウミ科の候補生に声をかける。イタチはチラッとそちらを見てから、アムに小声で言った。

「帝王《ていおう》サマのこと、好きなんじゃないの？　イヌのみんなの憧《あこが》れなんでしょ」

「好きだけど」

「じゃあ、トージにまとわりつくな」

ぐっと言葉に詰《つ》まった。

「前からすっごい嫌だったんだ、トージと二人で話してるところを見るの。でも告白する前だったから、さすがに言わなかった」

前にまったく同じ内容をエルドルフから言われたことがある。ますますうんざりした。

「トージって、優《やさ》しいし面倒見《めんどうみ》いいから、陰《かげ》で人気だったんだよね。帝王サマは無理でも、この人ならいけるかなー、みたいな。そういうの、すっごいムカつくんだけど」

この人いけるかな、なんて気持ちはなかった。一発ぶん殴《なぐ》ろうかと思ったが、トージがいるのでやめた。

エルドルフだってかなり面倒見はいい。でもそれは、裏を返せば強い支配欲の表れだ。柵《さく》を口にして以来、エルドルフは演習の時以外に命は出さず、一線を保って接してくるようになったが、その代わり生活の事細かなことに一層口を出してくるようになった。制服の着方や食べ方、風呂《ふろ》に入る時の作法や服の畳《たた》み方まで。義兄《ぎけい》に言わせれば、「この年次に来るまでには最低限身につけていること」なのだそうだが、毎回のようにケンカになる。

「兄貴ヅラするな」と言えば、「お兄ちゃんって呼んだだろうが」と返され、うまく言い返せないアムは手が出る。しかし「暴力はやめろ」と言われながら二、三発叩《たた》かれるから、ひどいと取っ組み合いだ。だが最終的に命で止められ、よしよしされて、なんとなくおさまるという不毛なことを繰《く》り返している。これから、ずっとこういう関係のままなのか。

「おーい、二人、こっち来いよ」

いつのまにかトージが酒を頼み、ウミ科の候補生と飲んでいた。アムとイタチが移動すると、短髪《たんぱつ》の大柄《おおがら》な候補生と、それに輪をかけて大柄な生徒がいる。確かシャチの人獣だったはずだ。かなり珍《めずら》しいから、アムも知っている。候補生がアムを見て朗《ほが》らかに声をかけた。

「確か、ナセルの子と同室だよな？」

「うん。アムだ。よろしく」

「よろしく。ハンだ」

ウミ科の候補生が手を差し出す。アムはそれに応《こた》えながら訊いた。

「トージと仲良《い》いの？　ウミ科なのに」

「えぇ？　別にイヌ科と仲悪くないけど」

「だってエルドルフとナセルは仲悪そうだったから。トリ科のムルトバとはすごい仲良いのに」

「科の問題っていうより、人間性の問題なんじゃないか？　あ、そうか、アムはあの帝王サマの飼い犬だったたな」

「飼い犬って言うな」

アムがキッとにらむと、トージが「まぁまぁ」ととりなした。

「ヴォドリーとかエアロマスキみたいなやつは出世街道《かいどう》目指してるし気が合うんだろ。俺はほら、イヌ科の中でもスキマ産業だから、いろんなやつと仲良くしてるんだけど」

「ウミ科は出世とか、あまり気にしてないからな。海洋汚染《おせん》に関心が高いやつは多いが」

確かにエルドルフとは気が合わなそうだ。

「家、帰らないの？」

それまで黙っていたイタチが、シャチの生徒に訊いた。

「兄さんといたいから。オレの家、めちゃくちゃ遠いし」

「いや、それがさ……こいつを実家に連れて帰ろうと思ってたんだよ。でも親に帰ってくるなって言われてさ。うちがフェーン州の……」

トージが珍しく険しい顔をした。

「もしかして、魔獣《まじゅう》が出るあたりか」

「そう。うちの親、実は研究所に勤めてて、家もその近くでさ。俺一人ならいいけど、万が一こいつになんかあったらって思うと……人獣は襲《おそ》われないっていうけど、わかんないだろ？親もしばらく帰ってこなくていいって言うし」

フェーン州はここからだいぶ西の都市だ。南西部では魔獣の被害《ひがい》を近年よく聞く。

「研究所って？」

アムが訊くと、トージが「陸軍研究所がある」と答えた。腕組《うでぐ》みして、顎《あご》をさすっている。

「……あまりおおっぴらには言えないんだが、つい最近、アークで出た」

そこにいる全員に驚《おどろ》きが走った。首都にまで魔獣が来たのか。国土全体で見れば南寄りとはいえ、これまで被害が出ていたところから比べれば、だいぶ北に移った感がある。

「下手に情報出すとパニックになるから、まだ規制がかかってるが、もう噂《うわさ》になってるだろうし、近いうちに報道が出る。いつ、どこまで正式発表するか、慎重《しんちょう》に見極《みきわ》めてるところだ」

トージはアムのほうに向いた。

「ヴォドリーの仕事が長引いてるのも、その関係だ。軍務部は対外調整で忙《いそが》しいんだろう」

仕事が優先なのはしょうがないとわかっていても、ちょっと寂《さび》しかったのは否定できない。

トージの一言で、少しホッとした。

「ヴォドリーの実家はアークだろ？　お前、ちゃんと言うこと聞くんだぞ。おとなしくしてろ」

「えー、でもせっかくだからどっかに出かけたいな。トージの実家はどこなの？」

ふと視界で何かが動き、壁《かべ》に目をやった。小さな蜘蛛《くも》だ。その視線に気づいたトージは、紙ナプキンを手にしてバンッと潰《つぶ》した。壁を叩く大きな音が店に響《ひび》く。アムはビクッとした。

トージは珍しく真剣《しんけん》な表情をしていた。

「……俺のことはどうでもいいんだよ。お前、ちゃんとヴォドリーの言うこと聞けよ」

偉《えら》そうな某《ぼう》義兄を思わせるトージに、アムは「へいへい」と口を尖《とが》らせた。トージにムカッとするのは初めてだが、いつもの雰囲気《ふんいき》とは違《ちが》う感じで、ちょっと言い返せない。

結局、夕食用のパンもそこで買って、みんなで帰った。

冬は陽《ひ》が落ちるのが早く、演習場には木々の影《かげ》が長く延びている。寮舎《りょうしゃ》の近くにやってきた時、アムはスンと鼻から息を吸った。ごくかすかだが、エルドルフのにおいがする。

「エルがいる」

「全然わかんないんだけど」

無愛想に言うイタチを無視して、アムは小走りになった。寮舎に入り、二階に上がると、アムの部屋の前で壁にもたれて立つ、背の高い男の影がある。

「エル？　早くない？」

「……仕事を切り上げた」

エルドルフが白い息を吐《は》いて言った。鼻の頭がかすかに赤い。アムは義兄を思わずじっと見つめた。いつからここで待っていたのだろう。早く弟に会いたいと、思ってたりするのか。

「自分の部屋で待ってればよかったのに。寒いじゃん」

「今来たところだ」

なんでもないように言うから、アムもそれ以上深追いはしなかった。

「オレ、トージとイタチと昼メシ食べに出たんだ。パンも買った」

「そうか、よかったな。俺も夕飯用に惣菜《そうざい》を買ってきた」

エルドルフが、足元に置いていた紙袋《かみぶくろ》を掲《かか》げてみせる。二人でエルドルフの広い部屋に戻《もど》った。中に入ると、エルドルフが携帯《けいたい》用のコンロを出し、缶詰《かんづめ》のスープを開けて温める。

「部屋で火使っていいの？」

「ダメに決まってるだろう」

人にはあれこれ注意するくせに、自分は規則に従わないのだから、本当に帝王サマである。

エルドルフは手際《てぎわ》よく食事を用意した。部屋にはいいにおいが立ち込め、アムの腹がぐうと鳴る。義兄が惣菜を紙皿にきれいに盛り付けるのを見て、アムは横から口を挟《はさ》んだ。

「いいよ、どうせぐちゃぐちゃになるんだし。早く食おうよ！　冷めちゃう」

「盛り付けもおいしさの重要な要素だ。お前も手伝え。そこに紙ナプキンを敷《し》いて。咲《さ》きかけの薔薇《ばら》もさっき小径《こみち》で採ってきたから。ナイフレストにしよう」

「えっ、面倒《めんど》くさっ」

それでも、騒《さわ》ぎながら夕食を用意するのは楽しかった。離《はな》れていたのはたった数日なのに。

ようやく食べ始めると、またエルドルフの小言が始まった。

「好き嫌《きら》いせずに青い野菜も食べろ」

「だって多いよ、これ。わざと買ってきただろ！」

「青い野菜を食べると、獣《けもの》のにおいを薄《うす》くできる。場所を察知されにくくなるだろう？」

エルドルフの言うことには、一応全部理由がある。それでもアムは、苦手な野菜を視線で消失させんとばかりににらんでいた。

「ほら、肉のソースと絡《から》めて食べたらどうだ？」

エルドルフはアムを見ながら、フォークに刺《さ》した野菜をきれいに口に入れる。その仕草につい見とれてから、アムは恥《は》ずかしさを紛《まぎ》らわせるために、ガシガシと食べた。

「口の横にソースをつけないように。一口大に切って食べろ」

「へいへい。あのさ、エルは食べ物の好き嫌いってなかったの？」

「もう克服《こくふく》した」

「じゃあ嫌いなものって何もないんだ」

エルドルフは少し考えてから、「コグレかな」と言った。

「えぇっ!? 食べ物で訊《き》いたんだけど！ ていうか、嫌いなやつにオレのこと任せるのかよ」

「お前は好きだろう。あいつの言うことなら、ちゃんと聞きそうだから」

「なんで嫌いなの？」

エルドルフはフォークを置き、少し眉間《みけん》に皺《しわ》を寄せた。

「あいつは、たぶん弱点がない。良家の出で、平均よりいい容姿と成績。でもトップにはならない。あえて目立たないようにしている。でも主者だからそれなりに支配欲は強い。人をよく見ていて、陰《かげ》で操《あやつ》るタイプだ。やられても、密《ひそ》かにやりかえしてくる。嫌《いや》なやつだ」

「……嫌いなのに、よく見てるね」

「ライバルだからな」

アムは目を丸くした。

「周りの人は……っていうか、トージも含《ふく》めて、ライバルはムルトバだって思ってそう。空軍首席で、親が宰相《さいしょう》なんだろ」

「お前の兄貴分としての勝負だよ」

アムの胸の中が、キュンと縮んだ気がした。耳が出ていたら、間違《まちが》いなく下がっている。念のため手を頭にやって確認《かくにん》していると、エルドルフがナプキンで口を拭《ふ》きながら、「迎《むか》えが遅《おそ》くなって、悪かった」と言った。

「仕事だったんだよね？　切り上げて、平気だったの？」

「実家に帰っている間もやることにした」

「そっか。実はさ、トージから聞いたんだ。アークで……魔獣が出たって」

エルドルフは険しい顔をして、うなずいた。

「……あぁ。明日《あした》の朝イチで帰るぞ。父様に、お前を早く連れてこいと言われてるし」

アムはエルドルフに急《せ》かされながら食べた後の片付けをして、早めに横になることにした。朝早いから同じベッドで寝《ね》ろと言われたが、ベッドに毛がつくから獣姿はダメだという。一緒《いっしょ》に寝るなんて初めてで、ドキドキとした。妙《みょう》なことになったりはしないか。しかしエルドルフは少し笑って、「おやすみ」と言っただけだった。


翌朝、まだ暗いうちに叩《たた》き起こされた。ぼんやりしていると、エルドルフはアムの寝巻《ねま》き代わりの運動着を問答無用で脱《ぬ》がしにかかった。

「ちょっ、さむ！」

「獣姿を取れ」

最後まで言われる前に、アムはシュンと犬の姿になっていた。義兄《ぎけい》はすっかり身支度《みじたく》を終えて、アムの運動着を手早く畳《たた》み、金属製のスーツケースに入れている。

コートを着込んだエルドルフは校門へと大股《おおまた》で向かった。アムもチャカチャカと早足でついていく。あたりはまだ夜の暗さが残り、一面に降りた霜《しも》で地面が白く光っていた。校門の外は長い坂道がつづら折りになって、ふもとまでだらだらと続いている。

「下まで一気に下りるぞ」

どういう意味だろうと、アムは訝《いぶか》しんだ。エルドルフは金属製のスーツケースを地面に放り、「おいで」と言って両腕《りょううで》を広げた。四つ足で近づくと、ヒョイと抱《だ》き上げられる。エルドルフは横倒《よこだお》しになったスーツケースに飛び乗ると、凍《こお》った長い長い坂道を一気に滑《すべ》り降りた。

「〜〜〜！」

犬になったアムは、あまりのことに卒倒《そっとう》しそうになった。

エルドルフは長い体軀《たいく》で器用にバランスをとり、驚異《きょうい》的な運動神経であっという間にふもとまで下りた。こいつが品行方正な男と思われているのがまったく解《げ》せない。

「よし、急ぐぞ」

エルドルフはアムを降ろし、スーツケースを持って走り始める。アムは慌《あわ》てて義兄の背中を追った。もともと足が速い男だが、かなりの距離《きょり》を休みなく走り続ける。アムは驚《おどろ》きと素直《すなお》な尊敬が湧《わ》き出てから、少し呆《あき》れた気持ちになった。どれだけ体力が有り余っているのだろう。

街に出る頃《ころ》にはすっかり疲《つか》れてしまった。物陰《ものかげ》で着替《きが》えると、始発の路面電車で汽車の駅を目指す。そこから首都までは三時間ほどだ。

汽車に乗ったのは初めてだった。正確には学校に入れられた時に乗っているはずなのだが、昏迷《こんめい》していたせいか記憶《きおく》がない。

アムはずっと窓の外を見ていた。煉瓦《れんが》造りの厳《いか》めしい建物が、大きな街路樹と縞々《しましま》になって、ずらりと立ち並んでいる。一部の地域を除いて、首都に住むのは人間だ。でもその治安の悪い一部の地域に、アムもかつていたことがある。

「……オレ、十五歳くらいまでここにいたけど、こんなきれいな街だって知らなかったな……」

アムがつぶやくと、エルドルフが気遣《きづか》うように訊いた。

「もとは山奥にいたんだろう？　お母様が連れ去られた後、街に出たのか」

「大変だったよ。十歳のガキが突然《とつぜん》一人で生きていけるわけないじゃん？」

生きるために食べ物や衣服を盗《ぬす》みもしたし、家と呼べるところはずっとなかった。それでも、母を捜《さが》しているというアムに同情する人獣たちがいて、あちこちを渡《わた》り歩き、結局首都へと流れ着いた。そこで、人獣の権利団体の保護を受け、なんとか生き延びてきたのだ。

「そこで治験ってのをやったんだよね。年齢詐称《ねんれいさしょう》してさ。へへ。あれ、楽だったな。ベッドで寝てるだけでいいんだもん。血取られたり、注射されたりするけど。人獣のための薬開発してるなら、オレでも役に立つし」

エルドルフは眉間に皺を寄せ、アムの肩《かた》をそっと抱《だ》き寄せた。

「……その団体、今も居所はわかるか？」

「うーん、どうかな……。本当に困ってるやつしか紹介《しょうかい》しないって言われてたし……その時はヨグって人獣に案内してもらったんだ。あちこち場所変えてるからって」

アムはポツポツと当時の話を語った。生きるのに必死で、よく覚えていないことも多い。

「それですごいカネもらえたから、すぐ地方に行って働き始めて。でもしばらくして、誰《だれ》かがオレを捜《さが》してるって気がついて……。母さんを連れてったやつに似てたから、逃《に》げたんだよね」

「……もっと早く、俺が捜せたらよかった」

エルドルフはアムの頭を手で軽く押して、自分の肩に載《の》せるようにした。

「ずっと寮生活《りょうせいかつ》だったから。今だって、お前が遠吠《とおぼ》えすれば、どこにいるかすぐわかる」

アムはチラリと美しい横顔を見上げた。エルドルフはわずかに眉《まゆ》を寄せ、まっすぐただ前を見つめている。もう変えられない過去をにらみつけるような、遠く、だが強い視線だった。

鋼鉄のように硬《かた》い空気の中に、深い悔悟《かいご》が滲《にじ》んでいる。

見惚《みと》れている自分に気がついて、アムは視線を外した。頰《ほお》に、義兄の纏《まと》うコートのなめらかな生地《きじ》が当たっている。エルドルフは腕《うで》をすっと動かした。黒い革手袋《かわてぶくろ》をした手が目の前にやってくる。

「脱ぎたい。指の先を嚙《か》んでくれ」

アムは小さなため息を一つつくと、中指の先を歯先で軽く咥《くわ》えた。エルドルフがするりと手袋を外す。露《あら》わになった手が降りて、アムの手をぎゅっと握《にぎ》りしめた。

アムはまたドキリとした。恥ずかしい気持ちを体から出したくて、手袋を口から放した。黒い革手袋が、二つの手の上にくたりと落ちる。

「……兄弟で、手握ったりするの？　なんか恋人《こいびと》みたいなんだけど」

ふざけて言ったものの、内心ドキドキしていた。肯定《こうてい》と否定、どっちが返ってくるんだろう。

「手が冷たいな」

話を逸《そ》らされて、思わずムッとした。一人で空回りしている。

「だって素足《すあし》で走ってるようなもんだし」

「犬になった時用の革手袋を作ろう」

「いいよ、そんな。つけるのが面倒くさい」

「俺が嫌なんだよ。長距離《ちょうきょり》を走る時だけでもつけろ」

アムはへいへいと返事をした。犬の姿のアムに手袋をつけるのは、どうせエルドルフだろう。握られた手がじんわりと温かくなってくる。アムは窓の外に目を移した。

身寄りのない放浪《ほうろう》時代には見られなかった景色の中に、母の顔が朧《おぼろ》げに浮《う》かんで、消える。いなくなってから、もう八年も経《た》った。でも、どこかで生きていてくれたらと、ずっと思っている。父は、何かを知っているのだろうか。


実家は、豪邸《ごうてい》が立ち並ぶ通りの中でも一際《ひときわ》大きかった。どこまでも長く続くような煉瓦の塀《へい》が、曲線を描《えが》く優美な鉄柵《てっさく》の門で途《と》切れる。中に入ると、広い車回しのはるか奥に、白亜《はくあ》の邸宅があった。想像以上の規模に思わず気後れし、足どりが重くなる。

「アム、来い」

玄関《げんかん》の前に来て、エルドルフが振《ふ》り返った。静かな瞳《ひとみ》が、かすかに細められる。

「大丈夫《だいじょうぶ》だから」

アムはうなずき、そばに駆《か》け寄った。背の高い兄にくっつくようにして立つと、エルドルフがノッカーを叩き、ドアを開けた。

「ただいま戻《もど》りました」

シンと静まった高い吹《ふ》き抜《ぬ》けの玄関ホールに、朗々とした声が響《ひび》いた。少しして、手前の扉《とびら》や廊下《ろうか》の奥から、わらわらと初老の男女がやってくる。

「坊《ぼっ》ちゃん！　お帰りなさいませ」「奥様、エルドルフ様がお帰りになりました！」

使用人たちは口々に言いながら、めいめいがキビキビと動いた。

「電報をくだされば、駅までお迎《むか》えにあがりましたのに」

エルドルフが老人にコートを渡しながら、にこやかに言う。

「それには及《およ》びません。早く帰りたかったから。あとこれが……僕が組む子です。銘《めい》は、残響《ざんきょう》」

アムはびっくりした。いつの間にそんな名前が付けられたのか。

「通称《つうしょう》はアムなので、気軽に話しかけてやってください」

「よろしくお願いしますね、アム様」

人の良さそうな老婦人にコートを脱がされ、アムはどぎまぎした。

「あ、アムだけでいいです。サマはナシで」

「あら、でも呼び捨てにはできないわ。じゃあアムさんで」

なんだか落ち着かない気分だったが、アムはこくりとうなずいた。その時、「寒かったでしょう?」と、冷たく透《す》き通るような声がした。振り返ると、六十歳手前ぐらいの美しい婦人が立っている。

きっちりとまとめられた黒髪《くろかみ》には白いものがだいぶ交ざり、襟《えり》の高い黒いドレスには、緻密《ちみつ》な銀の刺繡《ししゅう》が施《ほどこ》されていた。見るからに品が良く、裕福《ゆうふく》な家で育ったと思わせる女性だ。

「母様……ただ今戻りました」

エルドルフが深く頭を下げる。その顔には、見たこともないような、穏《おだ》やかで優《やさ》しい表情が浮かんでいた。この人が、エルドルフの養母で、父の正妻なのか。

「あなた、またこんなに冷たくなって……」

エルドルフの頰に手を当てた婦人は、はるか後ろのほうに立つアムの姿に気がつくと、「あら」と困った顔をして笑った。振り返ったエルドルフが、険しい顔をする。

「アム、耳」

怒《おこ》られて、アムは犬の耳をぺしゃっと下げた。慌てて頭を押さえ、気持ちを落ち着かせる。

婦人はアムのほうへと歩み寄り、「初めまして」と言った。

「ハリナ・ヴォドリーと申します。会えるのを楽しみにしていましたよ。かわいいお耳ね」

アムは何も言えず真っ赤になった。横で大きくエルドルフがため息をつく。

「何度も注意してるんですが……父様の前で出すんじゃないぞ」

「書斎《しょさい》でお待ちよ。急なお仕事でお忙《いそが》しいみたい。でも大丈夫、ご挨拶《あいさつ》なさい」

エルドルフが眉間《みけん》に皺《しわ》を寄せたまま、二階へと続く階段を見た。

「アム、行くぞ」

アムはハリナをじっと見つめていた。こういうご婦人とは接したことがない。

線が細く、でもどこか強そうでもあり、見た目はちょっととっつきにくい。でも話すと優しい雰囲気《ふんいき》になる。ハリナはその視線に気がつくと、またくすぐったそうに笑った。

「あなたの目、とてもきれいな緑色ね。そんな大きな目でじっと見られたら、溶《と》けちゃうわ」

「アム」

エルドルフの声に苛立《いらだ》ちが混ざり、アムは慌《あわ》てて階段を上った。

長い廊下を進むと、奥に大きな木の扉がある。エルドルフが深呼吸を一つし、ノックした。

「エルドルフです。ただ今戻りました」

「入りなさい」

扉の奥から低い声が聞こえる。喉《のど》の下にすぐ心臓があるのではないかというほど、ドキドキと鼓動《こどう》が大きくなった。中にいるのは、本当に、小さい頃《ころ》家に来ていた人なのだろうか。全部何かの勘違《かんちが》いだったら？　ここから放り出されたりしない？

エルドルフが促《うなが》し、アムがドアを開けた。大きな窓を背にして、机に向かう初老の男性がいる。顔を上げた瞬間《しゅんかん》、その手が止まった。目を見開き、席を立つ。逆光を抜けて、顔がはっきりわかった。くっきりとした形のよい灰色の目、高い鷲鼻《わしばな》。昔と同じ形の口髭《くちひげ》。

「父さん……」

父は声もなく、アムを見つめていた。アムは思わず駆け寄って、抱《だ》きついた。昔、父が家にやってくるたびにしていたように。

アムは硬い体軀《たいく》に受け止められ、強く抱きしめられた。昔よりも父の背が少し低くなったように感じる。でもそれは、自分の背が伸《の》びたせいだった。

懐《なつ》かしい父のにおい。煙草《たばこ》と、髪《かみ》につけた香油《こうゆ》が入り交じる、大好きなにおい。

胸いっぱいに吸い込むと、全部が蘇《よみがえ》ってくる。「おいで」と言われたら、いつもこの胸に飛び込んでいた。父が家にいる時は、ずっとそばを離《はな》れなかった。膝《ひざ》の上で食事をして、寝《ね》る時は胸にくっついて。しばらくそのまま、懐かしい存在にくるまれていた。

「よく生きていた」

父が小さく言って体を離し、アムを見つめた。その目は潤《うる》んでいた。

「もっと早く、捜《さが》してるって教えてほしかった」

「すまんな。内々に動いていたから」

こくんとうなずくアムの頭を、父は優しく撫《な》でた。

「エルドルフ、お前は少し席を外してくれ」

「承知しました」

アムが振り返ると、義兄《ぎけい》はドアの側《そば》に立っていた。足は肩幅《かたはば》に開き、両手は後ろで組む、休めの姿勢で。そのまま何の表情もなく、サッと部屋を出て行く。

「アム、本当に、すまなかった。お前を、カナンを守ってやれなかった」

父が肩《かた》に手を置く。久々に聞く母の名。それが父の口から出たことに、アムは胸が詰《つ》まった。

「母さんは……どうしてるの？」

父は難しい顔をした。

「……わからない。ずっと捜してはいる。だがお前を捜すのも、これだけ時間がかかったんだ」

アムは肩を落とした。手が頭にやってくる。

「獣姿《じゅうし》をとってくれないか」

目を上げると、記憶《きおく》の中の優しい父がそこにいた。

「大きくなった姿を、見たいんだよ」

アムはうなずき、後ろを向いて服を脱《ぬ》ぐと同時に犬の姿になった。しっぽを揺《ゆ》らして振り向くと、椅子《いす》に座った父は目尻《めじり》を下げて腕《うで》を広げた。

「おいで」

懐かしさでいっぱいになり、気がつけば体の中から突《つ》き動かされるように跳《は》ねていた。

アムは膝の上に飛び乗って、「ワゥン」と父の顎《あご》の下に頭を擦《す》り寄せた。自然としっぽをぶんぶん振り回してしまう。

「あぁ、やめなさい、アム」

父は楽しそうに笑い、ふさふさした長い毛に手を差し込んで、顔を挟《はさ》むように撫でた。

「大きくなったなぁ。前はまだ子犬だったのに。ずっと心配していた」

むぎゅっと抱《だ》きしめられ、心が温かくなる。その時、ピクリと耳が反応した。エルドルフの足音が遠ざかっていく。

——部屋に戻ってなかったのかな。

ドアのところで、このやりとりを聞いていたのだろうか。アムは父の手に頬《ほお》を擦《なす》り付けると、膝を降りた。父は目を細めると、「もういい。戻りなさい」と言って机に向かう。

獣姿を解いて服を着ていると、父が壁《かべ》に備え付けられたベルをチンと鳴らした。使用人を呼んだのかと思っていたが、現れたのはエルドルフだった。

「……御用《ごよう》でしょうか」

「アムを部屋に案内しなさい。その後、お前はここに戻《もど》るように」

「承知しました」

親子というより、まるで上官と部下のようだ。エルドルフが、自分は道具だと言っていたのを思い出した。アムに対する態度と違《ちが》いすぎて、なんだか胸が塞《ふさ》がったような気分になる。

部屋を出ると、アムは義兄の後ろをとぼとぼとついていった。エルドルフはチラリと振《ふ》り向き、いつものように分別くさい顔をした。

「アム、また耳が出てる」

「うん……ごめん」

「でも、父様は怒らなかったな」

エルドルフがつぶやくように言った。

「うん……本当に、父さんだった。違う人だったらどうしようって思ってた」

エルドルフは苦笑《くしょう》した。

「お前が見つかったという報告があってすぐ、父様は確認《かくにん》のために病院に来たんだ。お前は昏迷《こんめい》していたから、わからなかっただろうが」

「そっか……」

エルドルフが笑ってくれたことで、胸のつかえが少し取れた気がした。

「お前の部屋はここだ」

案内されたのは、寮《りょう》で使っている部屋と同じくらいの個室だった。深緑の調度品で品良くまとめられている。自分だけの空間を与《あた》えられたことに、アムの胸はいっぱいになった。

「わぁ……ここ、オレ一人が使っていいの？」

「もちろん」

エルドルフがまた困ったように笑う。

「夕食まで、仮眠《かみん》するといい」

ズボンの中でしっぽを揺らしていたアムは、パッとエルドルフのほうに振り返った。

「さすがに寝れないよ、ここのにおいにまだ慣れない」

邸《やしき》の中は、知らない人間の知らないにおいでいっぱいだ。

「でもお前は汽車の中でも寝てないだろう？　アム、《仰臥《ぎょうが》》。大丈夫《だいじょうぶ》、すぐ眠《ねむ》くなる」

命を出されて、ふらふらと足がベッドに向かった。こういう使い方があるのかと思いながら、仰向《あおむ》けで横たわる。

「俺がこの家の中にいるんだから、何も不安になることはない。だからちょっと、休め。な？

お前が一声鳴けば、俺はどこでもすぐに飛んで行くんだから」

気持ちは落ち着き、ほわりと体が緩《ゆる》んだ。エルドルフはアムの頭を撫でると、「いい子だ」と囁《ささや》いた。

エルドルフは、アムの目がとろんと溶けているのを見てにっこり笑うと、部屋を出て行く。

ずっと「お兄ちゃん」のままだ。今度、柵《さく》を変えて、もう一度だけ前のような嬉戯《きぎ》をしたいと頼《たの》んだら、聞いてくれるのだろうか。

結局、疲《つか》れていたアムは一瞬《いっしゅん》で眠りに落ちていた。


「アムさん、お夕食ですよ」

聞き慣れない声で、パチッと目が覚めた。すっかり暗くなった窓のカーテンを閉める人がいる。玄関《げんかん》でコートを脱がせてくれた女性だった。

ベッドから急いで立つと、立ちくらみに襲《おそ》われる。短時間で深く眠り込んだらしい。

「お召《め》し物がシワシワで……まぁ、まぁ」

女性はアムのシャツの襟《えり》をぴっぴと伸ばした。

「みなさまお待ちかねですよ」

食堂に案内されると、長いテーブルには父とハリナ、エルドルフが既《すで》に席についていた。

父とエルドルフは静かに食前酒を飲んでいる。アムが席につくと、サラダとスープが運ばれてきた。サラダは大きな黄色い花の中にペースト状のものが入り、ぴょんぴょんと豆のつるのようなものも飛び出している。アムには難易度の高い代物《しろもの》だ。

どう手をつけていいのかわからない。エルドルフが今まで口うるさく食事のマナーを注意していたのは、この家でのことを考えてだったのかもしれない。

もっと真面目《まじめ》に聞いておけばよかった。後悔《こうかい》先に立たずという。……と以前にエルドルフに説教されたのを思い出したが、この時ばかりはその通りだとしょげるしかなかった。

——お兄ちゃ～ん……。

心と目で必死に呼びかけたのが功を奏したのか、エルドルフはアムをチラリと見ると、優雅《ゆうが》な仕草でサラダを食べ始めた。その動作を盗《ぬす》み見しつつ、なんとか料理を食べ終える。もはや味はわからなかった。

「……学校は、どうだ？」

父に話しかけられ、アムは背筋を伸《の》ばした。

「授業が全然わからないです。オレ、字がかろうじて読めるくらいで……」

父はエルドルフに顔を向けた。

「お前がしっかり見てやらないでどうする。休み中、教えてやりなさい」

「はい」

エルドルフは静かに返事をした。

アムができないことで、エルドルフが責められる。血のつながらない義兄が、まるで父の手足のように使われていることは、アムの心を複雑に乱した。

エルドルフは、父に対する反発をこうして静かに強めていったのだろうか。同時に、アムへの支配欲を歪《いびつ》に増幅《ぞうふく》させながら。

でも一方で、父の期待をすべて負うエルドルフを羨《うらや》ましいとも感じた。自分は十歳の時から父に会えていなかったし、小さな頃《ころ》だってずっとそばにいられたわけじゃない。それでも自分のせいでエルドルフが父から叱《しか》られるのは嫌《いや》だった。

父から特別扱《あつか》いされたいわけじゃない。特別扱いされたいのは、むしろ……。

「アム、耳が出ている」

父に優《やさ》しく、しかし噛《か》んで含《ふく》めるように言われ、アムは思わず左手を頭にやった。雑に置いたフォークが皿にぶつかり、ガチャンと大きな音がする。それを見たエルドルフが、わずかに眉《まゆ》を寄せた。父がそのエルドルフに、高圧的な態度で言った。

「耳を出さないようにしつけていないのか」

「……申し訳ありません」

アムは思わず立ち上がった。

「オレッ……オレが悪いからっ！　エル……兄さんを、叱らないでください」

エルドルフが目を見開いた。珍《めずら》しく驚《おどろ》いている。父は一度口を閉じ、アムが座ったのを見てから静かに諭《さと》した。

「アム、さっき私の部屋で耳が出たのは、さすがにしょうがないと思う。だがちょっとした感情の起《き》伏《ふく》で出すものじゃない。そんな体たらくでは、エルドルフのそばにいることはできない」

「……はい」

アムはおとなしく返事をした。でもなんだか異様にムカムカとしてくる。父はこんな人だったろうか。

「だが兄を慕《した》っているのは、安心した」

父は満足げに微笑《ほほえ》み、肉料理に合わせて注がれたワインのグラスを持った。目配せされたエルドルフが調子を合わせるようにグラスを持つと、父は「兄として、アムをしっかり導くように」と言ってワインを一口飲んだ。

「はい」

エルドルフも杯《はい》を傾《かたむ》ける。アムは二人にキョトキョトと視線を往復させてから、エルドルフの向かいに座るハリナを見た。ハリナは息子《むすこ》をじっと見つめてから、夫に冷ややかな目をくれる。そして何も言わず、手元に目を落として料理を食べすすめた。

息苦しかった。なんだかすべてが馬鹿《ばか》らしく、ただイライラとした。暴れたかったが、ハリナもいる前ではさすがにできない。あれこれ考えた結果、結局いつも通り食べることにした。

ナイフとフォークで、ガシガシと肉を先に切る。食べる分だけ切るのが苦手なのだ。アムは切った肉を口いっぱいに頬張《ほおば》ってしゃべった。

「オレさ、エルからいろいろ教わったけど……全然聞く耳持たなかったんだ。……ムグ、兄貴はあーだこーだうるさいんだけど、ムブッ、父さんのせい？」

食べながら話したら肉が喉《のど》に詰《つ》まってしまい、ムウッとなって胸を叩《たた》いた。ハリナは目を丸くしている。エルドルフは完全に据《す》わった目でアムを見ていた。

「だいたい、しつけるとか、なんなの？　オレ犬の人獣《じんじゅう》だけど動物じゃねえし。ガキでもない。オレはオレのしたいようにする」

「アム、いい加減にしろ」

エルドルフが硬《かた》い声を上げたが、父はアムをじっと見たまま、何も言わなかった。

「ごちそうさま」

アムはパッと席を立つと、階段を駆《か》け上がって自分の部屋へと飛び込んだ。


すべてにうんざりしてベッドに入っていたら、知らぬ間に眠っていたらしい。

耳がピクリと動き、アムは目が覚めた。ほとんど勘《かん》に近いものだが、何か不穏《ふおん》な気配を感じる。気になる音がある時、自然と耳がそっちのほうに引っ張られるのだ。

ドアをそっと開けると、父の書斎《しょさい》から低く言い争う声がした。普通《ふつう》の人なら、聞き取れないくらいのかすかな声。

迷ったが、やはり気になった。足音がしないように忍《しの》び歩き、書斎の前に立つ。分厚い木の扉《とびら》からは、煙草《たばこ》のにおいと怒《ど》鳴《な》り声が薄《うす》く漏《も》れ出ていた。

「俺は反対です！　到底納得《とうていなっとく》できない！」

「大局を見ろと教えたはずだ。私情を挟《はさ》むな。何のために苦労して見つけたと思っている？」

「保護団体へつながる人物を聞き出しました。そこから捜《さが》せばいいじゃないですか！」

自分のことを言ってるんだ――と気づいた瞬間《しゅんかん》、一際《ひときわ》強く父の怒鳴り声が響《ひび》いた。

「これは喫緊《きっきん》の事態なんだぞ！」

アムはビクッと身をすくめ、自然と出ていた獣の耳を下げた。ドア越《ご》しなのに、その声に強い圧を感じる。そういえば、父は主者だった。

「承知しています！　だから早く帰ってきたんです！」

しかしエルドルフの声にも強い力が込められていて、アムは縛《しば》られたように動けなくなった。

「このままでは被害《ひがい》が広がる一方だ。軍部失態の責を問われ、私も失脚《しっきゃく》する。今までの努力は水の泡《あわ》、やつらの狙《ねら》いはそれだ。こちらから打って出るしかない。アムも帰ってきたんだから」

「ですが、情報部も既にアムの出自を把握《はあく》しています」

情報部？　トージの顔が思い浮《う》かび、アムは眉間《みけん》に皺《しわ》を寄せた。

「私が命じた。既に情報部は造反者粛清《しゅくせい》のために動いている。それに魔獣《まじゅう》が、人獣の、まして従者の性質を持つ者を襲うことは今までにないと聞いて……」

「でも絶対ということはないでしょう!?　俺の気持ちも少しは考えてください！」

きっとこれは、聞いてはいけない会話だ。耳の中で、血がドクドクと流れる音が聞こえる。

「俺の従者です！　アムを囮《おとり》になんてできない！　危険すぎる！」

怒《いか》りを滲《にじ》ませたその言葉に、アムは心臓を鷲掴《わしづか》みにされた。

「あれはお前の従者である前に、私の実の息子だ！　そしてお前は私の理想についていくのではなかったのか？　ヴォドリー家の一員として、今一度よく考えろ！」

机を叩く音がする。父の非情な言葉に、キリキリと胸が痛くなった。

「明日《あした》の朝、アムを街へ連れ出しなさい。おとなしく言うことを聞くような子じゃないんだから、礼を言ったらどうかとか、それとなく誘導《ゆうどう》して、団体のところへ行くよう仕向けるように」

涙《なみだ》がポロリと落ち、アムは拘束《こうそく》が解けたようにパッと顔を上げた。足音を消して、そっと自分の部屋に戻《もど》る。

――囮にするために、捜してたのかな。

道具のように使われるのは、自分も同じだったのだ。

エルドルフは、父に反抗《はんこう》するのだろうか。それとも、明日、アムを連れ出すのだろうか。

――どんな顔で？

明日が来て欲しくなかった。エルドルフが父に従わなければ、きっと最悪な雰囲気《ふんいき》になっているだろう。でもアムより父を、任務を選ぶ姿を見たくない。

――ここから逃《に》げよう。

今が潮時だ。逃げてしまえば、アムを囮にするかどうかでエルドルフが悩《なや》むこともない。ほとぼりが冷めたら、またエルドルフだけに会いにくればいい。

アムは急いで部屋を物色し、身支度《みじたく》をして、静かに部屋を抜《ぬ》け出した。階段を下りようとしたが、階下には誰《だれ》かがいる。這《は》いつくばうように数段下りて様子をうかがうと、昼間はいなかった私服警備が玄関《げんかん》ホールに控《ひか》えていた。急いで部屋に戻り、窓を開ける。樋《とい》を伝い、静かに飛び降り、庭の木に登って塀《へい》の上に移ってから、また地面に降りた。

アムは深夜の住宅地を走り、街の中心部へと向かった。この時間、もう路面電車も動いていないだろう。次第《しだい》に走り疲《つか》れ、とぼとぼと歩くうち、さっきの話を思い出した。

魔獣がここ首都アークで出たという。アムはぶるっと身震《みぶる》いし、周りを確認《かくにん》した。

情報部は父の指示で造反者の粛清に乗り出している。このままでは、軍部失態の責を問われるからだと。話の前後をつなぎ合わせて考えれば、失態とはつまり、軍が魔獣の被害を出したということか。最初に被害が出ていたのは西側……ウミ科のハンの話では、そのあたりに陸軍研究所があったはずだ。

もしかして、そのあたりに被害が多かったのは、軍部が魔獣のことを研究していたからなのではないのか。それが明るみに出れば、父は失脚するということなのか。

でもそれが、アムの世話になった保護団体とどんなつながりがあるというのだろう。彼らが、造反者を暴《あば》く糸口になっているということなのか？

一瞬《いっしゅん》、すべてを確かめに家に戻ろうかと思った。でも、久々に会えた父に囮にされようとしていること、その父の手足となっている義兄《ぎけい》のことを考えると、戻る気にはなれなかった。

エルドルフの顔が脳裏《のうり》に浮かぶ。朝起きて、アムがいないことに気がついたら、きっと自分を責めるのではないか。そして必死になって捜すだろう。父にもきつく叱責《しっせき》されるに違《ちが》いない。

勢いで出てきてしまったが、エルドルフのことを考えたら、今さらながらに後悔《こうかい》した。別に囮になっても構わない。そうと知らせてくれればいいのだ。騙《だま》すようなやり方ではなく。

ふと思った。自分で団体の場所を突《つ》き止めたらどうだろう。それで、エルドルフに報告する。それだけなら、危険もないはずだ。人にやらされるのは嫌《いや》だが、これは自分の意思だ。自分で考えて、行動する。誰の支配も指図も受けない。自由に、生きるのだ。アムは再び駆け出した。


街の中心部に来てから四日目。

アムは実家から持ち出した銀製品と、学校から支給されたコートを質《しち》に入れていくばくかの金をつくり、盛り場で情報を探《さぐ》りつつ安宿を転々としていた。

支給のコートは物がよかったから、治安の悪い地域では目立ってしまう。だがその下に着ていたのは運動着だったせいか、身なりからあの学校の生徒とバレることはなかった。かつて自分を捜す手がかりが髪《かみ》と目の色だったことも思い出し、念のため、古着屋で安物のコートのほかにもニット帽《ぼう》、色つきの眼鏡を買い、変装めいたこともしている。

アムは宿の主人に「職を探している」と尋《たず》ねたが、最初の二軒《けん》は公的な斡旋《あっせん》所を紹介《しょうかい》されて空振《からぶ》りに終わった。だから三軒《げん》目はかなりオンボロな宿にしてみたのだが、冬でもノミがぴょんぴょんしている、かなりひどいところだった。うっかりしたら大変だ。エルドルフに叱《しか》られて、きっと湯船に沈《しず》められてしまう。

アムは部屋を見るなり、すぐに番台に引き返して「身分証なくても仕事紹介してくれる場所、ないかな?」と訊《き》いた。宿の主人は細い目をいっそう細くして、胡散臭《うさんくさ》そうにアムを見た。

「……何の人獣?」

手応《てごた》え有り、だ。アムはニット帽を脱《ぬ》いだ。

「キツイ仕事とか、地方でもいい。すぐにカネがほしいんだ。まとまった……」

犬の耳を出して見せると、主人はうなずいた。だがまだ不審《ふしん》な面持《おもも》ちだ。アムは声を潜《ひそ》めて、もう一押しした。

「……オレ、前にヨグっていうやつに案内されて、仕事斡旋してもらったんだ。でもいろいろあってまたこっちに戻ってきたから、挨拶《あいさつ》行きたくて」

名前を出したせいか、主人の顔に漂《ただよ》っていた警戒感《けいかいかん》が消える。

教えられた場所はとある酒場だった。店の営業は夜からで、仕事が欲しければ開店前の夕方に行けばいいと言う。

その時ふと、どこかで嗅《か》いだことのあるようなにおいがした。誰だっけと思い出していると、宿の主人のぶっきらぼうな声に意識が引き戻された。

「ここからだと、大回りにはなるが、路面電車に乗ったほうが早いかもな」

礼を言って宿を出た。ニット帽をかぶろうとした時、三角の耳が聞き覚えのある足音を捕《つか》まえた。次第に遠ざかっていく、これは……。

――トージ？

アムは困惑《こんわく》した。さっきのにおい、あれはそうだ、イタチだ。この宿の中にいたのだろうか。だが外に出た今、イタチのにおいはしない。

情報部が動いていると父は言っていた。だがトージは、エルドルフの言うことをよく聞けと忠告していた。アムを囮にするという大臣の計画は知らないのか。

迷ったが、アムは一呼吸置いて走り出した。人間の足なら、ついてはこられないからだ。しばらく闇雲《やみくも》に走り、徐々《じょじょ》に教えられた方角に向けて舵《かじ》を切ってさらに走ってから、耳をすました。追ってくる足音はない。知っているにおいもない。

ここに来てから、自分を取り巻く環境《かんきょう》が急激に変わったことに戸惑《とまど》っていた。

誰が味方なのかわからない。それが悲しい。一人で生きてきた時は、寂《さび》しかったが気楽だった。エルドルフは、今アムを捜《さが》しているだろうか。

とりあえず団体の所在地を確かめたら、一度家に帰ろう。アムを見たら、エルドルフは怒《おこ》るに違いない。でも、その後抱《だ》きしめてくれるだろう。

もうこの世で信じられるのは、義理の兄だけだった。


宿の主人から聞いた場所には、古い三階建ての煉瓦《れんが》造りの朽《く》ちかけた建物があった。一階が店になっていて、夕暮れ時だが「準備中」の札がかかっている。

建物の両脇《りょうわき》も裏手にも別の建物が近接しており、その隙間《すきま》を歩くのは犬の姿でも難しい。ぐるりと回ってから遠巻きに店のドアを見ていると、声をかけられた。

「仕事?」

振《ふ》り返ると、ヒョロリとした青白い顔の男が立っている。

「うん。月見草って宿で聞いてきたんだけど」

「あぁ、連絡《れんらく》もらってるよ。銀の髪に、緑の目。犬の人獣《じんじゅう》だよな?」

アムはうなずきながら、不信感を募《つの》らせた。あのオンボロ宿の主人が、わざわざここに電報を打ったのか。特徴《とくちょう》まで伝えて？

「ここって、まだヨグは来てるの？」

「あいつはしばらく見ねぇなぁ」

男はアムを信用したのか、ドアを開けた。

「入りな」

ニカッと笑った顔には、右の犬歯がなかった。中に入ると店内は薄暗《うすぐら》い。男は「地下で待っててくれ」と言い、店の奥にある階段を示した。

「地下って、誰かいるの？」

「あぁ。マドさんがいる」

間違《まちが》いない。以前も世話になった団体だ。もういいだろう。

「そうだ、ちょっとオレ、友達連れてきたいんだ」

煙草《たばこ》を咥《くわ》えようとしていた男は慌《あわ》ててドアを押さえ、アムが外に出るのを阻止《そし》した。

「ちょっ、それはダメだ。通していいのはお前だけだって」

焦《あせ》っているのか、男の頭から犬らしき垂れ耳が出ている。

その言葉に引っかかりを感じた時、外からドアが開いた。店に数人の男が入ってくる。アムは咄嗟《とっさ》に後ずさった。一人はたぶん軍人だ。身なりは変えているが、雰囲気が違う。

「アム、だな？」

アムはパッと身を翻《ひるがえ》した。階段は地下と二階に延《の》びている。迷うことなく上った。

「二階へ行ったぞ！」

後ろから男が叫《さけ》ぶ。まずい、と思った時には遅《おそ》かった。二階から男が一人下りてくる。踊《おど》り場で挟《はさ》み撃《う》ちになった。アムは咄嗟に獣姿を取ったが、即座《そくざ》に小さな足の先を踏《ふ》まれる。

「キャゥウンッ！」

あまりの痛さに悲鳴がこぼれる。そのまま押さえ込まれ、耳を強く捻《ひね》られて、口吻《こうふん》をつかまれそうになった。弱点を的確についてくる。

「《仰臥《ぎょうが》》！」

軍人の男は主者の性質を持っているのだろう、だがアムは激しく抵抗《ていこう》した。

「くそッ、効かない！　早く口輪！」「首輪を持って来い！」

アムは牙《きば》を剥《む》いた。体を押さえつけていた男の一人がバランスを崩《くず》し、階段から落ちる。即座に二階へ駆《か》け上がった。しかししっぽをつかまれて、引きずり戻《もど》された。

「キャィィインッッ！」

痛みに涙《なみだ》が滲《にじ》む。思わず人の姿に戻ると、頭と手足を押さえつけられた。身動きが取れない。

「もういい、おいっ、アレを試《ため》せ！」「本当にこいつか？　大臣の？」「違っても構わん」

アムは必死に抵抗しようとした。だがビクともしない。

「そのまま押さえてろ」

階段から落ちた男が戻ってきていた。手には注射器がある。

「やめろ！　やだ！　やめてくれ！」

チクリとしたその時、男の一人が「ウワッ」と叫んだ。激しい羽音。アムは顔を上げた。灰色の霞《かすみ》のようなものが目の前を通り過ぎる。同時に、下からドアを蹴破《けやぶ》る音がした。

「アムッ!!」

周りの意識が逸《そ》れた瞬間《しゅんかん》、アムは犬の姿で階段を駆け上った。正面にある小窓が開いている。アムはためらいもなく飛び出した。

――やべっ、高い……!

しかし二階から飛び降りた体は、何かにぶつかって勢いが弱まり、それほどの衝撃《しょうげき》もなく着地した。

「ウゥゥ……ッ」

少しして、後ろから複数の唸《うな》り声とけたたましい鳴き声がした。三匹《びき》の犬が窓から跳《と》び、隣《となり》の店の雨よけテントにいったん降りてから地上に着地する。アムは反射的に逃《に》げ出した。

何がなんだかわからない。だがあそこで、何かが行われている。軍人と人獣たちがつながっているのだ。自分を狙《ねら》う存在。あの注射。だが大臣の息子《むすこ》でなくても構わないと言っていた。

――あれを打たれたら、どうなるんだ？

さっき、ちょっとだけ打たれたかもしれない。アムは走りながら、恐怖《きょうふ》と闘《たたか》っていた。背後からやってくる三匹の足音は、遠ざかることなくずっと追ってくる。相手は同じ人獣だ。振り切れない。闇雲に走り、細い通路に入った。

――しまった！

袋小路《ふくろこうじ》だ。両側は三階建ての煉瓦の壁《かべ》。正面も。樋《とい》や配管を伝って登れないことはないが、その間に捕まるだろう。

アムは空を見上げた。スゥッと息を吸う。今できることは、もうこれしかなかった。

きっと義兄《あに》が、エルドルフが、捜してくれているはずだから。

透《す》き通るような遠吠《とおぼ》えが、高い煉瓦の壁を伝って空に響《ひび》いた。

通路に入った三匹が、じりじりと近づいてくる。アムは四肢《しし》を突《つ》っ張《ぱ》って構えの姿勢を取り、しばらく相手の出方をうかがった。三匹の攻撃《こうげき》をかわし、向こうに抜《ぬ》けられるだろうか。

その時、アムの耳がギュンと引っ張られた。風下にあたる、三匹の犬を越《こ》えた向こうに——巨大《きょだい》な黒い犬が現れる。鼻先に皺《しわ》を寄せ、牙を剥き出した口から、低い唸り声が地を這《は》うように届く。アムは絶望的な気分になった。

犬？　いや、違《ちが》う。本能が告げている。抗《あらが》いがたい恐怖。明らかに格上の獣。まさか。

——あれは、たぶん狼《おおかみ》だ。

アムは混乱した。狼は……この国で絶滅《ぜつめつ》したはずではなかったのか。ましてこの世に狼の人獣がいるなど、聞いたこともない。

アムと対峙《たいじ》する三匹もみな振り向く。しかし急に耳としっぽを下げた。加勢の仲間ではないのか。状況《じょうきょう》が飲み込めない。

勝負せずに、場の勝敗は決していた。

一瞬《いっしゅん》のにらみ合いの後、狼は三匹に飛びかかった。首根っこを噛《か》まれた一匹が放り投げられ、壁に叩《たた》きつけられる。さらに、もう一匹。脳震盪《のうしんとう》を起こした二匹は、動かなくなった。

逃げる一匹を狼が追う。アムは咄嗟にその後を追いかけた。通りに出ると風向きが変わる。

黒いしっぽ。小さい頃《ころ》の情景が一瞬《いっしゅん》蘇《よみがえ》る。そして、このにおい。森と獣の、野生のにおい。

走るアムの目に涙が滲んだ。

——お兄ちゃん……？

アムは狼になったエルドルフと共に、人獣の後を追った。獣の姿になったエルドルフは圧倒《あっとう》的な速さだ。最後の一匹に飛びかかると、細い路地に引きずり込み、あっという間に片付けた。

黒い狼は酒樽《さかだる》が積まれた陰《かげ》に移り、人の姿に戻った。

「……アム」

アムは犬の姿のまま駆け寄った。やっぱりエルドルフだ。大好きな兄だ。アムはしゃがんでいるエルドルフに体をすり寄せ、しっぽを激しく振って顔をぺろぺろ舐《な》めた。その様子に、「落ち着け」と笑われる。

「こいつを見張っててくれ。服を取りに行く。すぐに戻る」

「ワフッ」

アムが返事をすると、エルドルフは狼に戻り、あっという間に駆けていった。しばらくして、パタパタと不規則な羽音がする。頭上を見ると、鳥が飛んでいた。

「アムかっ？」

声のほうに振り向くと、通りに立つムルトバの姿がある。なんでここにいるのかわからなかったが、アムは「ワゥン！」と駆け寄った。ズボンを噛んで引っ張り、気絶した犬のところへ連れていく。ムルトバはアムの頭をわしわしと撫《な》でた。

「よし、お前はエルのところに行っていい。こいつはこっちで回収する」

アムは「ワフッ」と返事した。

通りに出て、来た道を走っていくと、遠くに深緑の制服を着たエルドルフが見えた。

「アムッ」

走って、大きく広げられた腕《うで》の中に飛び込む。

「さっきのやつらは確保した」

エルドルフはアムの頭に鼻を埋《うず》め、においを嗅《か》ぐと、「ムルトバに会ったか？」と訊《き》いた。

「ワゥ」

「よし。あの一匹はあいつが押さえてるんだな？」

「ワゥ」

事情はわからないが、たぶん連携《れんけい》して動いているのだろう。そうでなければ、あんなところに都合よく現れるはずがない。

エルドルフは銀のふさふさな体を一度ぎゅっと抱《だ》きしめると、「戻るぞ」と静かに言った。

「魔獣《まじゅう》が出た」

息を呑《の》むアムを置き、エルドルフが駆け出す。アムもすぐに後を追った。さっきの店、あれが何か関係しているのか。

悲鳴、怒号《どごう》、たくさんの足音、いろいろな人のにおい。興奮する時、人も人獣《じんじゅう》もにおいは強くなる。今、たくさんの人たちがパニックで興奮状態になっているのを、アムの五感は目いっぱいに拾っていた。走る脚《あし》がもつれそうになる。

あの店の前の近くに来た時、それは最高潮に達した。

――あれだ。

道の真ん中にいる魔獣は、車のような大きさだった。黒く逆立つ毛、ぼこぼこと瘤《こぶ》のように浮《う》き出た背骨、異様なほどに発達した筋肉、蜘蛛《くも》のように長い四本脚。耳は外見からはわからず、目だけがギョロギョロと動いているが、焦点《しょうてん》が合っているのかはわからない。

何の獣ともつかない、虫のような姿に、アムは一瞬《いっしゅん》怯《ひる》んだ。

口からは牙が覗《のぞ》いていたが、片方しかない。しかし歯茎《はぐき》を剥き出して荒《あ》れ狂《くる》っている。獣の周りでは長い棒を持った警官と軍人が市民の誘導避難《ゆうどうひなん》を行っていた。圧倒的に人が足りない。

その時、馴染《なじ》んだ声と足音が耳に飛び込んできた。

「ヴォドリー！　無事か？　アムも！　お前、勝手しやがって……」

トージだ。目を丸くするアムの隣で、エルドルフが険しい顔で言った。

「応援《おうえん》はもう少し時間がかかりそうだ。ここでできることをする」

トージが魔獣を見つめながらうなずき、早口で言った。

「こっちも諸々《もろもろ》手配中。できれば体液を出さずに仕留めたいんだが」

「サーベルは無理、銃《じゅう》もなしか」

　エルドルフのつぶやきにトージが訊いた。

「……どうする？」

「河に追い込む。念のため、ウミ科にも協力を仰《あお》いでおいた」

　おすわりしているアムは耳をピンと立て、二人の迅速《じんそく》なやりとりを一言も漏《も》らすまいと聞いていた。トージがニヤッと笑って、エルドルフの腕を叩く。

「ヴォドリー、情報部《うち》に来いよ」

　エルドルフは「俺はお前らの上に立つ予定だから」と居丈高《いたけだか》に言って笑った。トージが「俺が引きつける」と言い、魔獣の前に躍《おど》り出ると、命を出した。

「《待て》！」

　魔獣の動きが止まり、トージにギロッと目を向けた。明らかに反応している。

　しかし魔獣はすぐに咆哮《ほうこう》を上げて、命を出した人間に向いた。魔獣の頭が下がり、姿勢が低くなる。飛びかかるつもりか。アムはトージのもとに駆《か》け寄ろうとした。

「《止まれ》」

　後ろからやってきたエルドルフの言葉に、魔獣の脚が止まる。同時にアムの脚も止まった。

　魔獣は苦しそうにもがき、何かの軛《くびき》から逃《のが》れるように頭を大きく左右に振《ふ》る。だが脚は止まったままだ。アムは耳をピンと立てた。魔獣は従者の性質を持っているのか。その隙《すき》に、トージが細い路地に入り、走っていく。

「コグレ、二時の方向！　大通りに出ろ！」

トージが了解《りょうかい》を意味する手信号を出す。しかし魔獣は一声唸《うな》りを上げて、目の前を走る生き物――トージを追い始めた。

「くそッ、やっぱりダメか！」

エルドルフが「アム、コグレを護衛」と指示を出す。

「ワフッ」

アムは返事をした。

「行け！」

アムはその言葉と同時に全速力でトージを追いかけ、魔獣の後脚《うしろあし》に体当たりした。魔獣はややバランスを崩《くず》したが、止まることはない。アムは長い足元をくぐり、走りを邪魔《じゃま》した。魔獣は唸りを上げるものの、襲《おそ》ってくる気配は見えない。アムは進路を妨害《ぼうがい》し、トージを守った。

しかし魔獣は体が大きい分、歩幅《ほはば》も大きい。次第《しだい》に、ついていくだけで精一杯《せいいっぱい》になっていく。

ここから河まで、どれくらいあるのだろう。そこに誘導《ゆうどう》できるのだろうか。

走るものを追いかけるのは獣の習性だ。魔獣が追いつくのは時間の問題だった。

――トージを守れない！

その時、路面電車の走る大通りに出た。

「乗れ！」

大通りを走ってきた車の運転席から、エルドルフが怒鳴《どな》った。トージが車体の後ろにつかまったと同時に、車は発進した。魔獣もすぐに道を曲がってトージを追う。エルドルフが運転席から指示を出した。

「アム、河に出てナセルに合図しろ！」

アムは大通りを突っ切り、道と平行して走る河に向かって必死に駆けた。河沿いの歩道を越えて欄干《らんかん》に飛び乗り、キョロキョロと首を回す。川下に小型の船が見えた。巡視船《じゅんしせん》だ。

アムは欄干の上で遠吠えを上げた。冬の川面《かわも》でイルカが跳《は》ねる。キューちゃんだ。イルカを先導に、船がぐんぐん近づいてくる。

派手なブレーキ音が聞こえた。はるか先で車が強引《ごういん》に歩道に降り、アムのほうへ向かって走ってくる。魔獣がその後を追ってきた。車が止まり、トージが飛び降りて欄干に向かう。巡視船は速度を上げて近づいてきた。だが魔獣はトージを追うのを急にやめた。鼻をひくひくと動かし、動きを止めてあたりを見回す。

——まずい。

河に行かない。車からエルドルフが降りてくる。その時、アムの体に異変が起きた。

強い動悸《どうき》がする。目眩《めまい》に襲われ、ぐらりと体が傾《かたむ》いた。欄干から、かろうじて歩道側に落ちる。体全体がギシギシと痛い。引きちぎられるようだ。

「ウ……ゥグァァァッ……」

喉《のど》からほとばしったのは、唸り声とは違《ちが》う獣の声だった。体が機械的に作《つく》り替《か》えられていくのを感じる。そこにアムの意思はなかった。激しい憎悪《ぞうお》と苛立《いらだ》ち、何かを破壊《はかい》したいというような衝動《しょうどう》が体の中でぶくぶくと膨《ふく》れ上がる。頭が霞《かす》んで、あたりの景色がぐるぐると回った。

熱い。痛い。苦しい。

長い時間が経《た》ったようにも、一瞬《いっしゅん》だったようにも感じられた。

アムが四つ足で立ち上がると、視線はいつもよりはるかに高く、人の頭を見下ろしていた。

「……アム！」

声がする。目の前に何かがいてしゃべっている。

「アム！」

視界はぼやけ、その分さまざまなにおいが鮮明《せんめい》に入ってくる。アムは咆哮を上げた。

苦しい。

目の前で声がしても、よくわからなかった。自分が何者だったかもうわからなかった。ただ少し離《はな》れたところにいる異形のもの、とにかくあいつを河に引きずり込まなければいけないということだけが頭にあった。それを果たせば、この重石《おもし》のような枷《かせ》がなくなるだろう。

魔獣と化したアムは駆け出し、黒い蜘蛛のような獣に飛びかかった。獣は激しく抵抗《ていこう》する。

だが次第に疲《つか》れが見え始めた。

こいつをやらねばならない。河へ落とすのだ。歯を剝《む》き出し、アムは獣に食《く》らいついた。首元を咥《くわ》え、強く引きずる。水が怖《こわ》い。でもきっとこいつも同じだ。アムは唸りを上げて暴れる獣を欄干へと引っ張りあげた。横で、何かが手助けしている。小さい者。

獣を突《つ》き落とした瞬間《しゅんかん》、アムのバランスが崩れた。獣が水面に叩《たた》きつけられる。だが自分は落ちていない。後脚を強く押さえられている。ぐいと引っ張られて、地面に転がった。

声が聞こえる。それが何なのかわからない。ただ暴れたい。

『《跪拝《きはい》》！』

その言葉だけが、鮮明に響《ひび》いた。ビクッと体がこわばり、ブルブルと四肢《しし》が震《ふる》え出す。

「アム！　アム！」

目の前にいる何かが騒《さわ》いでいる。自分よりも小さい何か。さっきの言葉を出した者。それに頭を下げようと思った。そうしなければならないような気がした。

「いい子だ。このまま、おとなしくしていよう。眠《ねむ》るんだ」

においを嗅ぐと、口元に何かがそっと触《ふ》れた。

「アム……俺を、思い出して」

頭の芯《しん》が、遠く、引っ張られる。

森の中。冬枯《ふゆが》れの景色。懐《なつ》かしいにおい。

――覚えていて。約束だよ。俺の命だけ聞くって。

息が苦しかった。誰《だれ》かがアムの頭を抱《かか》えるように、抱《だ》きしめていた。

「どんな姿になっても、俺はお前のお兄ちゃんだから」

思い出さなければいけない。耳の奥が、頭が、割れるように痛い。心臓が苦しい。

「早く解毒剤《げどくざい》を……！」

遠くに向かって叫《さけ》ぶのが聞こえた後、優《やさ》しく語りかける言葉が脳内に響く。

「お前のこと、ずっとずっと、愛してるから」

アムの意識は、そこで途切《とぎ》れた。

アムが「黒い犬のお兄ちゃん」に会ったのは、山の中だった。

確か、七歳の時だ。いつものように一人で穴を掘《ほ》って遊んでいると、突然《とつぜん》声をかけられた。

「今、一人？」

アムは目を丸くした。

「……あのね、しらないひとと、おはなししちゃダメって、かあさんからいわれてるの」

でも目の前にいるのは、自分よりもちょっと年上のお兄さんだ。

自分と歳《とし》の近い人と話したことはない。それまで話したことがあるのは、両親と、たまに家にやってくる行商のおじさんやおばさんだけだった。

「いくつ？」

しゃべらないならいいだろうと、アムは右手を広げて、左手で二本の指を立てて七を作った。

「七つかぁ。俺は、十二歳」

なんだ、お兄さんだけれどまだ子どもだ。それなら話しても平気かもしれない。

お兄さんは、アムの目の前にやってきてしゃがんだ。黒い髪《かみ》に琥珀色《こはくいろ》の目をしていて、とても整った顔をしていた。

「名前は？」

「……アム」

お兄さんは笑った。優しそうな顔だった。

「いつも一人で遊んでるの？」

アムはこくりとうなずいた。

「学校は？」

アムは首を横に振った。

「じゃあ全然勉強はしてないの？」

「かあさんがおしえてくれるけど、きらい」

お兄さんはまた笑って、立ち上がった。もう行ってしまうのかと、アムはちょっとだけ寂《さび》しい気持ちになった。だからお兄さんの手を引いて訊《き》いた。

「どこからきたの？」

お兄さんは驚《おどろ》いたように目を見開いて、アムの目の前でしゃがみ、「街だよ」と言った。

「遠い街。君のお父さんが、住んでるところ」

「とうさんのこと、しってるの!?」

アムはお兄さんの手をぎゅっと握《にぎ》って、ぴょんぴょん跳ねた。三角耳を見たお兄さんは困ったように笑い、手を握り返した。

「知ってるよ。でも、ここに俺が来たことがバレたらいろいろ怒《おこ》られそうだから、お母さんにも黙《だま》っててね」

アムは大きくうなずいた。父親の知り合いなら、安心だ。

「いっしょにあそぼ」

勇気を出して誘《さそ》うと、お兄さんは少し迷っているようだったが、「いいよ」と言った。でも仲良くなるのに、時間は全然かからなかった。

アムが「ないしょね」と言って、犬の姿を見せたら、お兄さんも黒い犬の姿になったからだ。最初はあまりにも大きいから「オオカミさん？」とこわごわ訊いた。でも人に戻《もど》ったお兄さんは「狼《おおかみ》は絶滅《ぜつめつ》したんだよ」と教えてくれた。

二人で犬の姿になって、一日中山の中を走り回った。それまで、あまり遠くに行ったことはなかったけれど、二人なら安心だ。川で泳いだり、土を掘ったり、小動物を追いかけて捕《つか》まえたり。アムは「黒い犬のお兄ちゃん」が大好きになった。

「おにいちゃん、かえらないで」

夕方、アムがべそをかくと、お兄ちゃんは「また明日《あした》も来るよ」と優しい声で言った。学校が休みの間はずっと来ると。

……そういう時が何日も続いた。冬の休みの時も来てくれた。その次の夏も。その次も、ずっと。犬の姿で遊んで走り回った後は冬でも暑くて、人の姿に戻っても、ずっと裸《はだか》のままくっついてじゃれていた。お互《たが》い汗《あせ》ばんだ肌《はだ》は熱く、外の空気は冷たくて、気持ちがいい。会うたびにお兄ちゃんは大きく、かっこよくなる。お兄ちゃんのにおいと温《ぬく》もりに包まれている時が、一番幸せな時間だった。

でもアムが十歳になった冬、十五歳のお兄ちゃんは「学校が厳しくなって、しばらく来られなくなる」と言った。木の根元で座るお兄ちゃんは、アムを背中から抱きしめた。

「アム、俺を忘れて」

「なんで？　忘れられるわけないよ！」

アムは振《ふ》り返って言った。

「ううん、忘れていいんだ。俺がここに来るまでは。その間だけ、忘れるんだ」

「どうして？」

「……遊びだよ。お兄ちゃんの言うことを聞く遊び」

人の姿の時に、よくやる遊びだった。簡単な動作を命じられて、それをやると褒《ほ》めてくれる、簡単な遊び。アムはこれが大好きだった。

「お兄ちゃんの言うことは……命《めい》って言うんだよ。俺の命だけ、聞くんだよ、アム」

いつになく真剣《しんけん》な顔で見つめられて、アムは何度もうなずいた。お兄ちゃんが脚《あし》を開いて座る上に、向かい合わせで座り直す。そうすると、ちょっとだけアムのほうが高くなった。

「お兄ちゃんが思い出してって言うまで、アムはお兄ちゃんのことを忘れる。ほかの人の命は聞かない」

「わかった」

「覚えていて。約束だよ。俺の命だけ聞くって」

「うん」

「いい子だね」

お兄ちゃんはふわっと笑った。見るたびに男らしくなっていく顔が甘く溶《と》けて、アムもこの上ない幸福感に満たされた。

「……約束」

お兄ちゃんはアムの鼻にキスした。アムはふふっと笑い、お返しに鼻先をペロッと舐《な》めた。

「アム、大好きだよ。お前のことをずっと想《おも》ってるから。アムはお兄ちゃんのすべてなんだ」

お兄ちゃんはアムをまたぎゅっと抱きしめた。

「アムは、遠吠《とおぼ》えできる？」

「したことない」

「遠吠えは、はぐれた仲間を呼ぶ時にするんだ。練習しておこう」

お兄ちゃんは黒い犬の姿になり、その場で座って顔を高く空に向けた。アムもしゅるんと犬の姿になる。

黒い毛に覆《おお》われた太い喉《のど》から、高く響《ひび》く歌が漏《も》れる。透《す》き通る声が、遠く、こだまする。強くも哀《かな》しげにも聞こえる、遠吠え。

その場の空気が、木々の葉が、アムの銀色の毛が揺《ゆ》れる。気高く美しい姿に、アムはひどく憧《あこが》れた。ピョンと跳《は》ねて隣《となり》に行き、おすわりして顔を上げる。

「ウォーン」

何か違《ちが》う。横を見ると、金の瞳《ひとみ》が確かに笑っていた。この姿になると、琥珀色だった瞳は美しく金に輝《かがや》くのだ。アムは頭をひねって、もう一度やってみた。

「ウォォーー……ン」


アムは目を開けた。

——遠吠えしたら、その日の夜、母さんに怒られたんだっけ。目立っちゃうから。

視界に広がる白い天井《てんじょう》をぼんやり見つめていると、影《かげ》に遮《さえぎ》られた。

「……アム？」

エルドルフが覗《のぞ》き込んでいる。目の縁《ふち》が赤い。泣いていたのだろうか。この人が？

「エル……？　オレ、えーと……？」

憔悴《しょうすい》しきった顔が、泣き笑いの表情になった。

「アム、馬鹿《ばか》、どれくらい心配したと思って……」

ベッドに寝《ね》たまま抱《だ》きしめられて、アムの胸がぎゅっと詰《つ》まった。

「医者を呼んでくる」

エルドルフはすぐに離《はな》れて、足早に部屋を出て行った。ここは病院らしい。

ゆっくりと記憶《きおく》を辿《たど》ろうとしたが、魔獣《まじゅう》を河まで追い詰めたところから先は、霞《かすみ》がかかっていてよく思い出せない。

今、はっきり思い出せるのは、小さい頃《ころ》にエルドルフと会っていたことだ。

アムはシーツを強く握った。涙《なみだ》が、つっと流れて、耳に入る。懐《なつ》かしくて胸が張り裂《さ》けそうだった。

「お兄ちゃん」が大好きだったのに、会った時、思い出せなかった。エルドルフが命をかけていたからだ。どうして会ってすぐに、思い出せと言ってくれなかったのだろう。

扉《とびら》が開き、アムは目をやった。医者と思《おぼ》しき白衣の男たちが入ってくる。続けて、軍の関係者らしき男たちも。その中には一人知った顔がいる。保健医だ。アムは目を見開いた。保健医は真顔のまま片目を瞑《つぶ》って、素知らぬ顔をした。

アムは問診《もんしん》と検査を受け、さらに軍関係者からの、取り調べに近い質問に答えた。すべて終わった時は、次の日の夕方になっていた。

あの時……階段の踊《おど》り場で、押さえつけられた時。腕《うで》にチクリと痛みが走った。あれが原因で、体に異変が起きたらしい。でもそれがどんな異変なのか、教えてはもらえなかった。

アムはベッドの上で一人、夕飯を食べながら、自分の身に起きたことを必死に考えようとしていた。その時、静かにドアが開き、アムの手が止まった。

「父さん」

父は白衣の男たちよりももっと険しい表情でアムのところへやってきて、顔を覗き込んだ。

「無事か」

父は一言つぶやくと、大きなため息をついてアムの肩《かた》に手を置いた。

「よかった」

胸が、しゅうっとへこんでいく感じがした。温かい空気が抜《ぬ》けていくみたいだ。

「アム、なぜ家を出たんだ」

アムは何も言わず、目をさまよわせていた。

「会話を、聞いたのか？　エルドルフとの……」

自然と出た犬の耳が、ピクリと動いてしまう。

「やっぱり、そうか……あれが強くそう言って、ずっと私をなじる」

エルドルフが、自分のために怒ってくれている。アムの胸の中にまた空気が通い始めた。

「すまなかった」

三角の耳がぺしゃりと下がった。

「万全《ばんぜん》の監視《かんし》態勢を敷《し》き、お前に危険のないようにするつもりだった。でも結果的に危険に晒《さら》してしまって、本当に悪かったと思っている。……アム、耳を下げないでくれ」

「あのね、オレ……ちゃんと言ってくれたら、囮《おとり》になったよ？」

アムは潤《うる》んだ目で、父を見上げた。父は悲痛な顔でアムを黙って見つめていた。

「でも、勝手に動いてごめん。オレは、エルが父さんに従うところ、見たくなかったんだ」

「従わないよ。お前のこととなると。あれは狼《おおかみ》だから。犬とは違う。まして主者だ。常に序列の上に立とうとするし、人には馴《な》れない。……私にも」

その言葉は、アムを悲しい気持ちにさせた。長い時間一緒《いっしょ》にいた二人なのに、気持ちの掛《か》け違いが起きている。

「ねぇ、父さんは、どうしてエルを引き取ったの……？」

父は遠くを見つめた。

「託《たく》されたんだよ。昔、助けた人獣《じんじゅう》から」

父は壁際《かべぎわ》に置いてあった丸椅子《まるいす》をベッドの近くに持ってくると、そこに腰掛《こしか》けた。

「……お前には、話さなければいけないことがたくさんあるな」

――二十三年前。

当時は大臣ではなく、まだ大佐《たいさ》だった。同盟国に派遣《はけん》され、国境警備を管轄《かんかつ》していた。深い森が広がる寒い地域だ。現地では巨大《きょだい》な狼の目撃《もくげき》情報が昔から絶えなかったが、公的にはその地域に狼はもういないものと考えられていた。しかしそれは誤りだった。

偶然《ぐうぜん》、小部隊が狼と遭遇《そうぐう》し、何発かを撃《う》ったのだ。その一発が当たったという報告を受け、現場に見に行った。点々と落ちる血痕《けっこん》を辿ると、兵士たちが緩《ゆる》やかな輪になっている。その中心にうずくまる狼は驚《おどろ》くほど大きく、見事な灰色の毛並みをしていた。

仕留めて剥製《はくせい》にしましょうという意見を抑《おさ》え、おとなしくなっている狼を連れ帰り、傷の手当てをするよう指示した。現地の先住民族は、古くから狼を神聖視している。警備には現地民との協調が不可欠だ。狼を丁寧《ていねい》に扱《あつか》ったほうが得策と考えた。

狼は意外にも自分だけにはよく懐き、すぐに回復した。ある時、夜に様子を見に行くと、小屋の中で狼は人の姿をとった。腰《こし》が抜けるほど驚いたのは、後にも先にもあれきりだ。当時すでに、狼の人獣はこの世にいないものと考えられていた。それもどうやら誤りだったらしい。

狼の男は、そこらの兵よりも逞《たくま》しく、美丈夫《びじょうふ》と言っていいほど抜きん出た容姿をしていた。傷痕《きずあと》はまだ目立つものの、だいぶよくなっている。

森に帰るかという話をすると、男は丁寧に礼を述べた。実は狼の人獣にはさまざまな部族があり、みな場所をあちこち移動しながら暮らしているという。存在を知られたくないだろうと思い、その話は自分の胸だけに留めると言うと、向こうはひどく感銘《かんめい》を受けた様子だった。

男は「礼をしたいので、森に来てほしい」と言った。次の満月の晩、夫人と二人だけで、と。自分の子を礼として差し出すというのだ。ほとんど物を持たない狼の人獣たちにとって、子どもは最大の財産だった。自分の子を、人獣の社会をよくすることに役立ててほしいという。

その申し出を聞き、ずいぶん迷った。名だたる軍人や政治家を輩出《はいしゅつ》してきたヴォドリー家に、人獣の子を迎《むか》えることなど到底《とうてい》考えられない。だが結婚《けっこん》して十年以上経《た》つのに、妻との間に子はなく、当時は従兄弟《いとこ》の子を養子に、という話も親族から出ていた。

この国に帯同していた妻のハリナに人獣の話を打ち明けると、すぐに狼の子を引き取りたいと言った。彼女が不妊《ふにん》に悩《なや》んでいたこと、ずっと子を持ちたいと願っていたことは知っている。

「その人たちが一番大事にしているものを、あなたにくれようとしているのよ。その誠意を受け取りましょう」

その言葉で心は決まった。狼の人獣を信じてみようと。

狼はひっそりと森に帰り、次の満月がやってきた。その日は朝から降った雪が深く積もったが、夜には晴れ、森は一面銀世界だった。

約束通り、狼が捕《つか》まった場所に夫婦《ふうふ》で向かうと、あの狼が雪の上で待っていた。産まれたばかりの子狼を口に咥《くわ》えて。彼の十三番目の子どもだった。

ハリナは駆《か》け寄り、持ってきていたおくるみにその子をくるんだ。黒い毛玉のような愛らしい姿に、夫婦とも一瞬《いっしゅん》で心を奪《うば》われてしまったのだ。しばらくして、その子狼が何かの拍子《ひょうし》で初めて赤ん坊《ぼう》の姿になった時、ハリナは泣いて喜んだ。

「かわいい、私の子」と。


「……結局、狼を助けた話が現地で広まって、警備も以前より上手《うま》くやれたから、私は少将に任じられて帰国した。親族は、三歳になったエルドルフを実子だと思っていた。私は何も言っていない。ただ、周りが勝手にそう判断しただけのことだ」

父は肩をすくめた。

「私は……それまで人獣をどこか劣《おと》った存在と思っていたが、エルドルフを見ていると、それは間違《まちが》いだとわかった。この子なら私の跡《あと》を継《つ》げる、いや継がせたいと……。その時から……エルドルフのために、人獣の環境《かんきょう》をすべて整えようと思ったんだ」

アムは耳を立てて、父を見つめた。

エルドルフのために。その言葉は衝撃《しょうげき》で、でもうれしかった。

「あの学校を作ったのは、父さんだって聞いた」

「そうだ。軍は陸・海・空、それぞれの立場に固執《こしつ》している。その所属を超《こ》えるもの……選び抜かれた人間という特権意識を与《あた》えれば、各軍を超えた連帯感を持つのではと考えたんだ。あの学校は、まさにそのための舞台《ぶたい》だ。人獣が相棒となることを、特権の証《あかし》にした。ほかの士官と差別化をはかると同時に、人獣の地位向上につなげる。それに私は軍人だから、福祉《ふくし》に携《たずさ》わることはできないが、軍に入れるためという名目ならできる。それで身寄りのない人獣の子どもたちを育てる養護院を設立し、出会ったのが、お前の母親のカナンだ」

若い頃は相当の美男子だったであろう父は、唇《くちびる》を少し噛《か》み、目を伏《ふ》せた。

「カナンは……従者の性質を持っていた。私は、彼女に会うまで、自分が主者であることすら意識もしていなかった。だが何度か視察に行き、簡単な仕事を頼《たの》んだ時に、気がついた」

父はそこでいったん言葉を止め、大きく息を吐《は》いた。

「アム、私は昔も今も、ハリナを愛しているんだ。でも、カナンはまた特別な存在だった。自分自身が芯《しん》から解放されるような……彼女の具合が悪くて一度だけ嬉戯《きぎ》をした時、一線を越えてしまった。それでお前が宿った。私は、お前を手元に置きたいと思ったが、それを察したカナンは、身重の体で逃《に》げ出したんだ。私は必死に捜《さが》して、産まれたばかりのお前とカナンの面《めん》倒《どう》を密《ひそ》かに見ることにした」

アムは緑の目をまんまるにして、長い話を聞いていた。

「母さんは、今どこにいるんだろう」

父はゆっくりと首を振《ふ》った。

「……今、関係者に事情聴取《ちょうしゅ》中だが、あまり期待するな。あれから八年経っている」

アムは小さくうなずいて、手元に目を落とした。食べかけの夕飯は、冷めてきていた。

「……食べなさい」

パンを口に入れると喉《のど》にひっつきそうになり、慌《あわ》ててスープで流し込む。その様子を見た父は苦笑《くしょう》した。

「……お前の兄は、かなり厳しく育てられたよ。小さい頃《ころ》でも獣の耳が出たら折檻《せっかん》されたし、ちょっとでも人獣らしいところを見せたら夕食は抜きになって……でも今まで、お前が出てったあの夜以外は、一度も反抗《はんこう》することはなかった。お前とは正反対だ」

アムは口いっぱいにパンを頬張《ほおば》りながら、耳と目を伏せた。

「……お前が従者の性質を持つことは、小さなうちからわかっていた。人獣の子はたいてい、そう生まれつくし、エルドルフとお前は全然違《ちが》ったから。お前はやんちゃだが人懐《ひとなつ》こいし、すぐ甘えてくる。もう天使みたいにかわいかった。だから心配で……」

「天使？」

「……お前は、エルドルフと何もないだろうな？」

アムは犬の耳を立てて、キュンキュンと忙《せわ》しなく動かした。

「どこぞの者とも知れない主者に引っかかるよりは、エルドルフに監督《かんとく》させたほうがいいと思っていたが、私の予想以上に、お前に対して執着《しゅうちゃく》しているようだ」

耳が神経質にピクピク動いてしまう。一線を越えてはいない。越えてはいない、つもりだ。

「お前の存在はずっと伏せていた。お前を見て、あれがどう思うかと考えると……だがエルドルフは勘《かん》が良くて、私がどこかに通っていることに気がついた。それで私の後を尾《つ》けて、弟がいることを突《つ》き止めたんだ。お前が行方《ゆくえ》不明になったのを知って、初めて問い詰《つ》められたよ。それから、エルドルフは休みのたびに、私の部下たちに交ざって、ずっとお前を捜していた。朝から晩まで……体が凍《こご》えて、毎日、夜遅《よるおそ》く帰ってくるのをハリナはいつも心配していた」

アムの胸が痛み、同時にうれしさが溢《あふ》れる。

「今回も……ずっとお前のそばについて離《はな》れなかったんだ。小さな時から、どんなに怒《おこ》られても一度も泣かなかったのに……泣いた顔を、初めて見たよ」

「オレ、何が起きたか全然わからないんだ。オレ……魔獣《まじゅう》になっちゃったの？　注射されて？」

父は静かにうなずいた。

「だが量が少なかったし、解毒剤《げどくざい》をすぐ打てたのが幸いした。エルドルフが手を回して、大量に用意していたんだ。それに、お前にはある程度、抗体《こうたい》があるらしい」

「魔獣って、軍が……作り出してたの？」

父が厳しい顔つきになった。

「もとは、世界でも南方でしか現れないものだった」

特定の地域にしか生息しない、ある種の蜘蛛《くも》が原因だった。嚙まれると、従者の性質を持つ人獣《じんじゅう》だけが発症《はっしょう》し、体が短時間のうちに巨大化《きょだいか》して凶暴《きょうぼう》性が増す。風土病のようなものだった。

しかし十数年前、魔獣となる原因が蜘蛛毒だと突き止めたある国の軍が、生物兵器に転用しようと研究を始めた。その情報を入手したこの国の陸軍研究所も密かに蜘蛛を自国へ持ち込み、研究を進めていたのだ。そこで、研究所から蜘蛛が逃げ出すという不祥事《ふしょうじ》があった。

「だから……最初、西のほうで多かったの？　魔獣」

「そうだ。研究所から逃げ出した蜘蛛が原因で、完全に軍部の失態だ。昔は南で稀《まれ》に出ていただろう？　それは船で積み荷と一緒《いっしょ》に蜘蛛が運ばれたことによる被害《ひがい》だと考えられている」

父は大きなため息をついた。

「不祥事の報告を受けて初めて、私は研究内容を知った。当時の研究所は秘匿《ひとく》性が高くて、軍内でもその動きを正確に把握《はあく》できていなかったんだ。私はすぐに研究を中断させ、蜘蛛の処分を厳命した。魔獣のカラクリがわかれば、今までよりさらに人獣への偏見《へんけん》が広がるからと……」

だがその決定に不満を持つ者たちがいた。人獣との融和《ゆうわ》策に反対する派閥《はばつ》、つまり大臣と敵対する派閥だ。

「彼らは一部の研究者を逃がして、研究を続けさせた。これが軍部の第二の失態だ。さらに反対派は私の動向を監視《かんし》し、お前の存在を突き止めた。大臣は隠《かく》し子のために人獣に便宜《べんぎ》をはかっていると糾弾《きゅうだん》し、魔獣被害の責任をとらせて辞職に追い込む……というのが、当時の彼らの筋書きだったのだと思う。私は、お前の母親に細かいことは言わなかったが、大臣の子を狙《ねら》う一派がいることは以前から伝えていたんだ。気をつけてくれと」

反対派は母を首都に連れていった。だがアムの行方はわからなかった。その後、反対派がアムを追うことはなく、しばらくは父だけが水面下で捜索《そうさく》を続けていたという。

「……その反対派は、どうなったの」

「炙《あぶ》り出しは終わっている。この魔獣の一件は明後日正式に発表し、処罰《しょばつ》を行う」

アムはため息をついた。

「……今は、たくさん食べて、たっぷり寝《ね》なさい」

父は、アムが食べ終わるのを見て席を立つ。思わずアムは「父さん」と呼びかけた。

「エルは……父さんの気持ち、知ってる？」

父は少し驚《おどろ》いた顔をしてから、眉《まゆ》を下げて笑った。

「さぁ、どうだろう？　でも私の理想は知っているはずだ」

「……どんな？」

「エルドルフはあの学校で、海軍・空軍との強いつながりをつくり、ゆくゆくは陸軍を掌握《しょうあく》する。私は政界に出て、人獣の権利を拡充《かくじゅう》していく。……すべて、お前たち二人のためだ」

父は足早に出て行った。アムはその夜、なかなか寝付《ねつ》けなかった。

翌朝、看護師に起こされた。昨日と同じように検査をされたが、午後からは面会も問題ないという。アムが昼食を食べ終わった頃、ドアがノックされてひょこっと二つの顔が覗《のぞ》いた。

「あれっ、キューちゃん！　委員長も！」

背の高いキューちゃんが泣きそうな顔で走り寄ってくる。後に続くムルトバが「病室を走るな」と注意した。その横でナセルがムッとした顔をする。

「うちの究洋《きゅうよう》を無闇《むやみ》に叱《しか》らないでくれ。この天真爛漫《てんしんらんまん》さが失われてしまう」

「キュー太に甘いんだよ、お前は」

「俺の従者に、勝手に変なあだ名をつけるな！」

「二人とも、病室で騒《さわ》がないでください！」

委員長に小声で叱られ、ナセルとムルトバが黙《だま》った。

「アム、大丈夫《だいじょうぶ》だった？」

委員長が心配そうに言う。アムがうなずくと、キューちゃんはアムの両手をぎゅっと握《にぎ》った。

「アムが変わった姿が河から見えたんだ。もうどうしようって思って……」

「そのあたり、あんまり覚えてないんだ。でも今はなんともないよ」

「よかったぁ……」

キューちゃんがへなへなと崩《くず》れてしゃがみこみ、上半身だけをベッドに投げ出した。委員長がベッドにちょこんと腰《こし》かける。アムはキューちゃんに訊《き》いた。

「あのさ、河に落ちた魔獣、どうなったの」

「しばらくもがいてたよ。でも水もかなり冷たいし、動きが鈍《にぶ》って……その後引き上げて、解毒剤を打ったけど、心臓が弱ってて、ダメだったみたい」

キューちゃんが沈《しず》んだ調子で言って、ナセルを見た。ナセルは太い眉を寄せて、しゃがむキューちゃんの背中をポンポンと叩《たた》いた。

「お前たちが気にすることはない。それに今回の一件で、魔獣は水が苦手というのがわかった」

「それにあの魔獣になったやつ、もともと造反者と組んでた男だ。しかも外向きには人獣の保護団体だろ？　身内売ってたやつらだ。反吐《へど》が出る」

ムルトバの吐《は》き捨てるような言葉に、アムは目をパチパチとしばたたいた。その様子を見た委員長が、小首を傾《かし》げて笑った。

「とにかく、治ってよかったよ！　僕が窓から飛び込んだ時、アム、注射打たれてたから……」

アムはあの時の羽ばたきを思い出した。

「あっ、あれ、やっぱり委員長だったんだ！　速くてよく見えなかった」

ムルトバが顎《あご》を上げて不満そうに言う。

「ピィちゃんはな、二階から飛び出したお前がそのまま落ちないようにクッションになったんだぞ。……羽が折れたらどうすんだ」

確かにあの時、何かにぶつかったと思っていたが。

「ありがとう。あとキューちゃんも、泳ぐの速いよなぁ。びっくりした」

委員長がはにかんだ顔をする。キューちゃんは大笑いした。

「イルカだからね！　小型船と同じくらいで泳げるよ」

「僕は、あの時窓を開けてもらわなきゃ中に入れなかった。開けたのはイタチの子だよ」

委員長がそう言って、チラリと部屋の入り口を見た。いつもと同じく無表情のイタチと、心配そうな顔をしたトージが立っている。

　ムルトバが「俺たちだけ長い時間いるのもよくねぇだろ」と、委員長とキューちゃんを促《うなが》した。四人が出て行くと、トージとイタチが入ってくる。

「アム……お前、大丈夫だったか？」

　トージが肩《かた》にポンと手を置き、顔を覗き込んだ。

「大丈夫だって」

　あんまりみんなが心配するものだから、なんだかおかしくなってきて笑ってしまった。

「トージはずっとオロオロしてたんだから、笑うなよな」

　イタチが口を尖《とが》らせると、トージが情けない顔で笑った。

「そういうこと、本人の前で言うんじゃないよ。お前もずっと心配してただろ」

　アムは「窓、開けてくれてありがとう」と言ったが、イタチは「仕事だし」とそっけなく返した。可愛《かわい》げのないやつだ。

「……もしかして、トージって、アークにいる時オレのこと監視してた？」

「……なんで？」

　椅子《いす》に座ったトージの目が、ギラッと一瞬《いっしゅん》輝《かがや》いた。

「トージの足音がした時があったから。宿を出た時……だったかな。あと、イタチのにおいがした。オレが、宿の親父《おやじ》に団体の場所聞いてる時……」

　トージは「おっ」と言って、ニヤリと笑った。

「さすがの耳と鼻だな。ま～それなら、バレても仕方ないか」

「あのさ、保健の先生って、何者？」

「んー俺の上司。これ、ナイショね」

「えっ」

「最初の演習で、俺がお前とペアになったの、偶然《ぐうぜん》だと思ってた？」

「えっ？　えっ？」

トージは優《やさ》しく笑い、アムの頬《ほお》を撫《な》でた。

「お前、目がまんまるになると余計かわいいのな。あっ、イテッ、ごめん、もう行くよ。仕事中に抜《ぬ》けてきたんだ」

イタチが、トージの足を思い切り踏《ふ》んづけたらしい。トージはイタチの肩を抱《だ》いて、なだめながら出て行った。

アムの頭の中は、疑問符《ぎもんふ》でいっぱいだった。保健医が演習の人選に口を挟《はさ》めるとは思えないから、教官の中にまだ情報部の人間がいるのだ。アムは膝《ひざ》を立てて、頭を埋《うず》めた。

「なんなんだよ、もう……」

自分の知らないところで事態が動きすぎていて、アムは混乱していた。

「……アム」

聞きなじんだ声に顔を上げると、エルドルフが紙袋《かみぶくろ》を手にして入り口に立っていた。

「……具合は？」

「いいよ」

エルドルフはホッとしたように笑うと、部屋に入った。ベッドの脇《わき》の丸椅子に腰かけて、紙袋から箱を取り出す。

「腹、あんまり減ってないかな？　りんごのパイを持ってきたんだけど。お前、甘いもの好きだろう？　母様が作るのが、うまいんだ」

エルドルフが白い紙箱を開けると、甘酸《あまず》っぱいいいにおいがする。

「食べる！」

甘いものは別腹だ。エルドルフは紙皿を袋から出すと、白い布の巻物をくるくると解いて、家から持参したと思《おぼ》しきナイフとフォークを取り出した。

「自分で食べられるか？」

「大丈夫だって」

目を輝かせるアムを見て、エルドルフが手を止めた。

「いややっぱり俺が一口大に切ってやる。お前、ポロポロこぼしそうだから」

アムはムッと目を細めたが、パイを切り始めたエルドルフには見えていないようだった。

「あのさ。オレ、まだイマイチよくわからないんだけど。あの人獣《じんじゅう》団体って、結局何してたの」

「研究所を出た研究者の隠《かく》れ蓑《みの》だ。反対派の支《し》援《えん》を受けてた。蜘蛛《くも》毒を安定化させた薬と、その解《げ》毒《どく》剤《ざい》の研究をしていたらしい。お前、団体の斡旋《あっせん》で治験受けたって言ってただろう？」

「うん」

「それでお前には抗体《こうたい》があるってことに気づいた。だからお前を捜《さが》し始めた」

「えっ、オレの体質ってすごいってこと……？」

「お前は人獣と人間の子だから、らしいぞ。当時そういうサンプルがなかったのかもな。それで向こうはお前を調べるために捜し始めた。大臣の息子《むすこ》とは知らずに」

「なんでオレの正体がわかったの？」

「一度、父様の捜索《そうさく》隊と鉢合《はちあ》わせした。その時だろう」

エルドルフはナイフを持つ手をいったん止め、ため息をついた。

「お前を捕《つか》まえて実験台にするつもりだったのか、大臣の息子を魔獣《まじゅう》にさせようとしてたのかはわからなかったんだが、いずれにせよお前の身が危険だ。ただ魔獣の件は機密扱《あつか》いで話せなかった。こっちもずっと解毒の研究は進めていたんだが、今回向こうが使った強力な薬を解毒できるかはわからなかったし……とにかく無事でよかった。やつらは万死に値《あたい》する」

エルドルフは美しい断面を見せるパイをフォークに刺《さ》し、アムの口の前に持ってきた。

「ほら、口開けろ」

アムは恥《は》ずかしさを感じつつ、おとなしく口を開けた。

「おいひぃ」

「しゃべるのは、飲み込んだ後にしろよ」

エルドルフが淡々《たんたん》と注意して、またパイを食べさせた。

「今回俺たちが追った魔獣は、もともと団体にいた人獣。お前に打つ分の残りを、咄嗟《とっさ》に研究者が打った。騒《さわ》ぎを起こして自分たちが逃《に》げるために」

……それって、あの店に案内した、犬歯のない男じゃないのか。結局、人獣は利用されて使い捨てにされたのだ。アムの心に、行き場のない怒《いか》りと悲しみが生まれる。

空になった皿や箱を片付けながら、エルドルフが言った。

「関係者は全員捕まえられた。向こうの研究結果も手に入った。お前のおかげだ。でも……」

「でも?」

「何も言わずに、出て行ってほしくなかった」

エルドルフが静かにアムを見つめた。琥珀色《こはくいろ》の瞳《ひとみ》、その中にある黒い虹彩《こうさい》。強い視線に、アムは震《ふる》えそうになり、思わず目を伏《ふ》せた。

「ごめん……オレね、盗《ぬす》み聞きしちゃったんだ。それで、自分でその団体の居場所見つけて、エルに言おうと思ってたんだ。でもうまくやれなくて、結局みんなに迷惑《めいわく》かけちゃった」

アムはうつむいた。エルドルフが驚《おどろ》いた顔で、すぐ隣《となり》に座る。肩を抱かれて、「いいんだ」と言い含《ふく》められた。

「俺と父様が全部悪い。お前は何も悪くない。父様は情報部に命じて、俺とは別にお前をずっと監視《かんし》させていた。その筆頭がコグレだ。あいつらは俺たちがアークに行く時からずっと見張っていたし、お前が夜中に家を出たことも、たぶん父様のところにはすぐ報告があった。俺は朝、お前がいなくなっているのに気がついて、父様に確認《かくにん》した。だが捜索中と聞いて、自分でも後を追おうとした。俺も……鼻は利《き》くし、そう時間は経《た》っていなかったから。でもあの酒場に乗り込んだ時には、もう遅《おそ》かったんだな。本当に、ごめん」

そういえば、あの時、名前を呼ばれた気がする。でもとにかくここから逃げねばということで、頭がいっぱいだったのだ。

「オレ、ずっとつけられてたんだ……。でも、結構撒《ま》けたと思ったんだけど」

「あぁ。お前の足の速さで情報部の人間はすぐ見失って、コグレが俺に接触《せっしょく》してきた」

「トージが……」

「あいつはお前を心配して、独断で俺のところに来たから、協力して捜すことにした。俺は、こっちの攪乱《かくらん》のために魔獣を放たれた場合を想定して、ナセルとムルトバにも別に協力を依頼《いらい》しておいた。あいつらも実家はみんなアークにあるから」

「よくナセルが協力してくれたね」

「あいつ、人獣の危機は見捨てておけないとか言ってたが、内心では俺に恩を売れるっていう思惑《おもわく》もあったらしいぞ。イルカの子がみんなの前でそう言うもんだからさ……」

キューちゃんらしい天真爛漫《てんしんらんまん》さである。

「コグレも、お前が心配でかなりいろいろ動いていたんだ。後でちゃんと礼を言っとけよ」

「イタチには言った」

エルドルフは笑って、「そうか」と言った。

「でもオレ……まだわかんない」

アムは三角の耳を下げた。

「なんで……なんで、忘れろって言ったの、お兄ちゃん」

エルドルフが、一瞬《いっしゅん》息を止めたのがわかった。

「……いつ思い出した？」

「はっきり思い出したのは、昨日。小さい頃《ころ》のこと、夢見てた」

「たぶん、魔獣化したお前に、思い出してって言ったからだな……」

エルドルフは、独りごちるように言った。

「小さい時、お前は俺のことを母親に話したくてしょうがなさそうだったから……その話が父様に伝わったら、お前と二度と会えなくなるんじゃないかと思って怖《こわ》かった。だから忘れろって言ったんだ」

エルドルフは体を離《はな》し、アムの頭から頬《ほお》を優しく撫《な》でた。

「学校で会った時、俺のことわかるかって訊《き》いても、お前は思い出さなかったから……本当に忘れてるんだと思ってた。まさか、八年前の命が、そこまでずっとお前を縛《しば》ってるとは思わなかった。お前、昔と全然違《ちが》って警戒心《けいかいしん》強いし、最初に俺の部屋に来た時に昔のことを思い出させようとしたらすごく怖がったから、深くは訊けなかった」

「ほかの人の命は聞くなっていうのも、エルが昔言ったんだ」

エルドルフの目がふっと遠くなり、「そうだったな」と噛《か》み締《し》めるように言った。

「……命は、こんなに長く、従者を縛るなんて、知らなかったよ」

いつも朗々と響《ひび》く声が、自嘲《じちょう》めいた暗いものに変わった。

「自惚《うぬぼ》れてたよ。俺だけがお前に命を出せるんだって……。ごめんな、アム。縛ってて」

「ううん、もしその命がなかったら、オレ、反対派に捕まってたかもしれない。だからいいんだ、それは。でもエルも人獣だって教えてくれたらよかったのに。なんで言わないんだよ」

エルドルフはちょっと困った顔をした。

「……俺のことは、本当はもう少し隠しておきたかったよ」

「なんで？　オレ、すっごくうれしいよ？」

「……そうやって、お前は無条件で俺のことを好きになるだろう？　お兄ちゃんって、きっと昔みたいに慕《した》う。でも俺は、そういうのは、嫌《いや》だったから」

どうして、と訊こうとした時、ドアが開いた。

「検査の時間ですので、そろそろご退出を」

看護師に言われ、エルドルフはアムの背中をポンと叩《たた》いて出て行った。

翌日、アムは迎《むか》えに来たエルドルフや父の部下と家に帰った。父は早朝から陸軍省に向かっている。警護役の父の部下は階下に残り、アムはエルドルフと二階へ上がった。

「エルのお母さんは？」

「……昨日から、実家に戻《もど》られている。事件の発表は正午だが、報道陣《ほうどうじん》がここに来たら困るから、父様が帰らせた」

使用人にも休みを出し、昨日から最低限の人手しか置いていないという。アムはエルドルフの後について、部屋に入った。エルドルフの寝室《しんしつ》は広くて、大きな本棚《ほんだな》がいくつもある。

「エルって、やっぱりすごいな。オレ、じっと本読むなんてムリだもん」

義兄《ぎけい》の優秀《ゆうしゅう》さを自分のことのように誇《ほこ》らしく感じた時、カタンと音がした。エルドルフがドアを閉めたのだ。急に後ろから抱《だ》きしめられた。

「……アム」

体の中が、ガラス瓶《びん》みたいに空っぽになった気がした。そこにエルドルフの声が、幾重《いくえ》にも反響《はんきょう》している。

「無事で……本当に、よかった」

小さい時の記憶《きおく》が蘇《よみがえ》る。よくこうして後ろから抱っこされて、木の根元に座っていた。

アムは、胸の前に回されたエルドルフの腕《うで》に手をかけた。

「……心配させて、ごめん」

アムは顔を少し横に向けた。息がかかるほど近くに、端整《たんせい》な顔があった。

「……ねぇ、なんでお兄ちゃんって慕われるの、嫌《いや》なの？」

「……いや、慕われるのは嫌じゃない。けど……」

エルドルフは囁《ささや》くように言った。

「……お前、柵《さく》で言ったじゃないか。お兄ちゃん、って。俺とそういう関係になるのはやっぱり無理なんだなって、思った。だから違うふうに見てくれるまで、俺が狼《おおかみ》であることは隠《かく》しておきたかった」

「あれは……」

アムは視線をさまよわせた。あの時の状況《じょうきょう》を思い出して、顔がポッと熱くなった。

「あの時、俺を覚えてて言われたから、ちょっとだけ、小さい頃のこと、思い出したんだ。それでお兄ちゃんって、言っちゃった」

「……じゃあ、柵を言ったんじゃないってことか？」

「……わかんない」

エルドルフはため息をついて体を離し、アムを正面から抱《だ》き直した。

「アム……この二週間、死ぬほど怖かった。気が狂《くる》いそうだった。もしお前の目が開かなかったら……俺も、生きていられなかった」

強く抱きしめられ、心臓がドクドクと音を立て始める。空っぽの体が熱くなり、鼓動《こどう》が耳の奥で聞こえるようだった。

「お前に、ちゃんと気持ちを言えばよかったって何度も後悔《こうかい》した。だから、今言う」

エルドルフは大きく息を吸って、吐《は》いた。

「お前が好きだ」

息が止まりそうになった。この一言が、ただ欲しかった。

「お前は、俺のこと、どう思ってる……？」

義兄の顔が近くにやってきた。もう、鼻の先が触《ふ》れそうなくらいのところに。喉《のど》の奥が苦しくて、アムは無理に唾《つば》を飲み込んだ。

「好きだよ。決まってるだろ」

「お兄ちゃんとして？」

アムは目を泳がせた。

「……わかんない。わかんないよ、そんなの。エルだって、オレのこと、弟とか従者とかの性質とは切り離せるもんじゃないって、言ってただろ」

「俺は……『お兄ちゃん』の俺を忘れてるなら、それでもいいって思った。お前と新しい関係を築くチャンスだって気持ちを切り替《か》えて。俺自身を見てもらおうって、必死だった」

「オレだって同じだよ。ずっとオレそのものを見てもらいたいと思ってた。結局、命がずっときいてたのは……小さい時からずっと、エルのこと……大好きだったからだよ。それだけ」

「それなら、お前を、全部俺のものにしていいのか？」

アムはドキッとして義兄を見つめた。

「俺の『好き』は、そういう『好き』だよ。それでもいいのかって訊いてる」

別にもう構わないと思っているのに、妙《みよう》な迫力《はくりよく》に気圧《けお》されて、何も言葉が出てこない。

「……その代わり、俺は全部、お前のものだから」

エルドルフは、ただまっすぐにアムを見据《みす》えた。

「お前がこうしたいってこと、全部叶《かな》えるように努力するし、全部面倒《めんどう》見る。死ぬまでお前だけの主者でいる。だからお前も、俺だけの従者でいろ」

アムは義理の兄を見つめて、こくんとうなずいた。どうしてこの人が自分の兄になり、こういう関係になっているのか、その不思議さに目が眩《くら》むようだった。

「最初に山の中で会った時から、ずっと思ってた。この子は、俺のものだって。神様が引き合わせてくれたんだって……」

　エルドルフの手が後頭部に添《そ》えられた。その瞳《ひとみ》が熱を帯び、異様に輝《かがや》き始める。

「ちょ、ちょっと待って」

　急に注ぎ込まれる熱量に溺《おぼ》れそうだった。アムがのけぞるようにしても、頭を後ろからがっちり押さえられていて、身動きが取れない。

「小さい時から、思ってたってこと？　変態じゃん」

「今の気持ちと昔とは微妙《びみょう》に違うんだが、客観的に見ればそうなるかもな」

「オレ、その時七歳だよ？」

「あの頃《ころ》のお前は、天使そのものだった」

　アムは口を閉じた。一昨日《おととい》、父も同じようなことを言っていた気がする。二人は血がつながっていなくても、確実に親子だ。

「木が茂《しげ》る中で……そこだけ白く光り輝いているみたいで……小さくて、柔《やわ》らかくて、甘いにおいがしてた。銀色の髪《かみ》は細くて、今よりもっと濃《こ》い緑の目をしてて……」

　琥珀色《こはくいろ》の瞳の中にある黒い虹彩《こうさい》がひと回り大きくなり、キラキラと妖《あや》しい輝きを見せる。

「今でも覚えてる。お前、俺と初めて会った瞬間《しゅんかん》も、耳をすぐ出して……でも出てるのに気づいてないんだよ。なんでこの子はこんなに自由なんだって思ったけど、お前がお兄ちゃんお兄ちゃんってついてくるのがかわいくて。食べてやりたいと思った」

「キモいんだけど」

「別に性的な意味じゃない。なんていうか、かわいいのと、無防備でイラつくからちょっと怖い思いさせてやりたくなる気持ちとが複雑に合わさって、食べてやるって言葉になる」

「それって無意識でエロい気持ちがあるだろ」

ちょっとこの勢いをそぎたい。ふざけて言ったら、冷たい笑《え》みを返された。

「森の中で狼に遭《あ》ったら、気をつけろって昔から言われてるだろう？　知らない人としゃべっちゃいけないのに、母親の言いつけを守らないからだ。悪い子だ」

アムは思わず耳をピンと上げた。エルドルフからそんなふうに言われたのは初めてだった。

「わ、悪い子……？」

ぞくぞくしたものが、背中を駆《か》け下りる。エルドルフは舐《な》めるようにアムを見つめていた。

「あぁ、悪い子だ。お前はいつも反抗《はんこう》的で、今だってキモいだの変態だのとひどい口の利《き》きようだ。昔は違《ちが》ったのに。だからそんな大口叩けないように、今からしっかりしつけてやる」

「し、しつけとか、やめろよ。言い方が気持ち悪い」

「悪い子にはしつけが必要なんだよ」

なんだか怖い。

「俺は七歳の頃にはもう完璧《かんぺき》に振《ふ》る舞《ま》えていた。でもお前は、いつまで経《た》っても、何回言っても、耳もしっぽもすぐに出る。だらしない」

アムは言葉に詰《つ》まった。じりじりと下がって、膝《ひざ》の裏がベッドに当たる。かくんと膝が折れて、「わっ」と後ろに倒《たお》れ込んだ。エルドルフがすかさず腕を回し、アムの体を受け止めてベッドに寝《ね》かせる。アムは仰向《あおむ》けになり、エルドルフに覆《おお》い被《かぶ》さられたまま固まっていた。

「エル……」

「お兄ちゃんって呼べよ」

「お兄ちゃ……」

最後まで言い終わらないうちに、嚙《か》みつくようなキスをされた。体全体に衝撃《しょうげき》が走る。お兄ちゃんと呼ばせるくせに、義兄は恋人《こいびと》のように、愛を注いでいるのだ。唇《くちびる》を吸われ、濃厚《のうこう》に舌を絡《から》められた。頭がぼうっとして、腰《こし》の奥から股間《こかん》までじんじんする。

「エル、父さんが……」

アムは吸いつく唇をなんとか振り切って、エルドルフの胸を押し返そうとした。

「父様が、どうした？」

「エルと何もないかって……」

エルドルフは目を逸《そ》らすアムの顎《あご》をつかみ、無理やり視線を合わせた。異様に輝く捕食《ほしょく》者の目で見つめられると、身動きもできない。下唇を舐める仕草がただ官能的だった。

「……アムは、俺以外の主者の言うことを聞くのか？　俺が嫌《いや》なら、はっきり断れ。そうじゃないなら、少し黙《だま》ってろ」

アムは口をぎゅっと閉じた。

「柵を変えるぞ。……そうだな、俺かお前か、どちらかの母親の名前にしよう」

頬《ほお》がかあっと熱くなった。こんなことをしている時に、母の名前を口には出せない。

「いや、お前が言いやすいのは、やっぱりお前の母親だよな。それでいいか？」

強い口調で言われ、アムは小さくうなずいた。いじわるだ。

エルドルフは狼の目で、獲物《えもの》を見据えていた。口元には冷ややかな笑みを浮《う》かべながら。

「小さい頃は天使だったのにな。今のお前は憎《にく》たらしいよ。言うことは聞かない、俺の気にする細かいことも全部無視、好き勝手に犬の姿になって暴れる。責任なんてないし、いつも逃《に》げればいいと思ってる。俺は小さい時から父の跡《あと》を継《つ》ごうと努力してきて、獣《けもの》の耳が出たら鞭《むち》で手を叩《たた》かれた。この先も狼の姿になることは、そうそうできない」

アムは眉《まゆ》を下げて、まばたきもせずに聞いていた。目が自然に潤《うる》んでくる。義兄《ぎけい》の言葉が幾《いく》本《ほん》もの釘《くぎ》のようにグサグサ刺《さ》さった。

「……俺にないものを持ってて……俺のしたいことを全部してて……俺のものにならないお前が、本当に憎たらしくて、かわいくて、大好きなんだ」

最後の言葉に、アムは目をまんまるにした。エルドルフは、その緑の瞳をじっと覗《のぞ》いていた。

「……小悪魔《こあくま》な今のお前が好きだよ。再会してから、俺はどんどん深みに落ちてる」

エルドルフが上体を起こし、アムを見ながらネクタイを緩《ゆる》める。

「お前は俺を狂《くる》わせる。それなのに、自分の魅力《みりょく》にすら気づかないで。やっぱり、悪い子だ」

「悪い子は、どうなるの……？」

アムも起き上がる。訊《き》いた声は、掠《かす》れていた。

「そうだなぁ。言ってわからないなら、体でわからせるしかないのかな」

エルドルフは、嗜虐的《しぎゃく》な眼《め》をして言った。喉元《のどもと》を押さえられているような苦しさを感じる一方で、妖しく甘い痺《しび》れが背骨を走った。

「大きな声を出すなよ。下に聞こえたらまずい」

エルドルフは、アムの下唇を親指でふにっと押すと、その親指をごく自然に口の中へ滑《すべ》り込ませた。アムはびっくりして、反射的にその指を吸った。母犬の乳房《ちぶさ》を吸う子犬のように。

しかしエルドルフは情欲《じょうよく》に濡《ぬ》れた目で、苛立《いらだ》ったような顔をした。

「お前、ずっと前にコグレの指吸っただろう」

エルドルフは指を引き抜《ぬ》くと、アムの顎をつかんで顔を上に向けさせた。

「俺が知らないとでも思った？」

「え、と、トージが指先って吸うとしょっぱい味するんだぞって言うから、本当なのか確かめてみただけで……ただの遊びだよ？」

「たとえお前がそうでも、コグレは自分のものを舐めさせてる気分になってたよ、たぶん」

アムは戸惑《とまど》った。そんな雰囲気《ふんいき》じゃなかったのに。深爪《ふかづめ》だなぁと思っただけだ。

エルドルフは外した黒いネクタイを両手でピンと張り、アムの口元に持っていった。

「ずっと噛んでろ。離《はな》すのはダメだ」

アムは震《ふる》えをこらえながらうなずいて、強くネクタイを噛んだ。ちょっと怖いと思う気持ちと、目の前にいる主者に支配されたい気持ちが、揺《ゆ》れ動いている。

「ずっと、この生地《きじ》が絹じゃないことが不満だったんだが」

エルドルフはぎゅっと力を入れて、アムの頭の後ろでネクタイを結んだ。口元に、黒い綿の生地が固く食い込む。

「……結びやすいな」

ズボンも下着も下ろされ、下半身を剝《む》き出しにされた。急に露《あら》わにされた局部が、すうすうとする。エルドルフはベッドに腰掛《こしか》けて、アムをうつぶせにして膝の上に乗せた。

しっぽをまくられ、尻《しり》を突《つ》き出すような格好にさせられる。恥《は》ずかしくて、いたたまれない。

「お前みたいな中性的な美形が好きってやつ、いっぱいいたよ。その顔で甘えられたら、なんでもしてやりたくなるからな、俺たちは。それなのに、無防備にみんなにベタベタくっついて」

エルドルフは、白い桃《もも》のような丸みをそっと撫《な》でた。鳥肌《とりはだ》が立ち、アムの息が上がる。

「コグレだって、お前に迫《せま》られたらノーとは言えないはずだ」

アムがううんと首を横に振ると、エルドルフがため息をついた。大きな手が執拗《しつよう》に尻を撫で回し、むっちりとした肉を揉《も》み始める。

「お前は何もわかってないな。あいつも、ほかのやつも、中身は人獣より獣だよ」

エルドルフは、小ぶりな尻をぺちぺちと軽く叩いた。

「もっと突き出すように上げて」

淀《よど》みない口調で言われた。言われるがままの姿勢をとると、激しい動悸《どうき》がする。

直後、パァンと乾《かわ》いた音がした。後ろからやってきた熱い衝撃で、アムは大きくのけぞった。

「悪い子は、お尻を叩かれるんだよ。知ってるよな？」

乾いた大きな手が、尻を叩く。弾力《だんりょく》のある肉が手のひらを押し返し、小気味いい音を放った。きめ細かな肌《はだ》を堪能《たんのう》するようにゆっくりと撫で上げられ、また叩かれる。

「でもお前は、こうされるのが好きなはずだ。小さい時からそうだったから」

エルドルフは間を空けて叩いた。じぃんと痺れが広がり、治まったくらいでまた叩かれる。

もう何度も喧嘩《けんか》しているから、エルドルフから体を叩かれたことはこれまでにもあった。押さえ込まれて、地面に転がされたこともたくさんある。でもそれとは全然違った。

アムの反応を見ながら、絶妙《ぜつみょう》な力加減で、ちょうどいいタイミングを見計らって叩いてくる。浅い痛みはすぐに消え、次第《しだい》に痒《かゆ》いような疼《うず》きが肌の内側に残った。

「……お前、昔からやんちゃでさ。犬の姿でわざと危ないことばっかりやるし、俺が首根っこ噛んで唸《うな》ってもケロッとしてるから、一回人の姿に戻《もど》って、叱《しか》りながらお尻ぺんぺんしたんだ。十歳くらいの時だな。そうしたら、お前、今まで見たことないくらい目がトロンとなって、『ちんちん熱い』とか言い出すから、ヤバいと思ってやめたんだよ」

アムの顔がカッと熱くなった。そういえば、そんなことを言っていた気がする。

「覚えてないか？　お前が一番好きだったのは、俺がいいって言うまで小便我慢《がまん》するっていう遊びだったんだぞ。お前から言い始めたんだからな？　我慢してるとムズムズして気持ちいいし、俺の声で出す時も気持ちいいって」

思い出した。用を足そうとしたら、誰《だれ》かが来る気配があって、エルドルフに「しちゃダメだ」と言われて二人で隠《かく》れていた。その時に初めて知ったのだ。淡《あわ》い快感を。

「それがきっかけで、お前に簡単な嬉戯《きぎ》をするようになったんだ。毎回尿意《にょうい》を我慢したら体によくないだろう」

アムはもぞもぞと内腿《うちもも》を擦《す》り合わせた。

当時、「もういいぞ」と言われても、我慢していたからすぐには出なかった。でも心配したエルドルフが「ちゃんと出せ」と強く言った瞬間《しゅんかん》、体が弛緩《しかん》して漏《も》らすように放尿してしまったのだ。その時の快感は、はっきり思い出せる。頭の中がぼうっとするほどだった。

「わかるか？　全部従者の性質だ。お前は支配されたいと、無意識に身を投げ出してくる。俺が変態なんじゃなくて、野生児が無自覚に誘惑《ゆうわく》してくるんだよ」

エルドルフはまた尻を叩き、若々しく張りのある袋《ふくろ》を弄《もてあそ》んだ。同時にしっぽが軽く引っ張られ、痛みの手前で性感が煽《あお》られる。

「ぅむんんっ」

エルドルフは、ぴったりと合わさった肉の割れ目をこじ開け、敏感《びんかん》な皮膚《ひふ》に指をつっと這《は》わせた。アムはまたのけぞった。

腰《こし》全体に疼きが溜《た》まり、前が硬《かた》くなる。だがエルドルフも同じようになっていた。

「こら、勝手に擦《にぎ》り付けるな」

ぎゅっと前を握られ、無意識のうちに動かしていた腰が止まる。パァンとまた尻を叩かれた。

アムはただ快感に耐《た》えていた。エルドルフは、ゆっくりと臀部《でんぶ》の丸みを撫で続けた。

「尻が赤くなってきたな。……痛い？」

小さくうなずくと、エルドルフは「じゃあ終わりにしよう」と言った。

「よくがんばった。偉《えら》いな」

アムはきつく目を瞑《つぶ》った。肌が痺れるように、強い幸福感が内側に広がり、体が熱くなる。

後ろの穴をくすぐるように撫でられて、アムの腰がビクンと跳《は》ねた。

根元を握る手が少しずつずらされて、くびれたところにまで上がっていく。先走りを親指で円を描《えが》くように塗《ぬ》り広げられ、アムは小さく喘《あえ》いだ。

エルドルフは昏《くら》く輝《かがや》く目で「《仰臥《ぎょうが》》」と命を出した。ベッドに仰向《あおむ》けになったアムは、膝《ひざ》を立ててしっぽをくるりと股《また》の間に挟《はさ》んだ。

「《曝露《ばくろ》》」

脚《あし》の力が抜けてパカッと開き、しっぽがだらしなくぺたんと下がる。

「うん、いい子だ」

エルドルフの言葉一つで、アムの体は気持ちよく弛緩してしまう。恥ずかしさと、こうしているのは自分のせいじゃないという開き直り。その奥に、信頼《しんらい》できる主者に身を任せているという、どうにもならないほどの恍惚感《こうこつかん》がある。

性器が痛いくらいに張り詰《つ》めていた。体は我慢の限界を迎《むか》え、先端《せんたん》からちろちろと漏れている。エルドルフはアムの若い茎《くき》を戒《いまし》めるように握り、ぺろりと先走りを舐《な》めた。

「ンン〜ッ！」

口に含《ふく》まれ、ざらついた舌で舐め回される。腰がガクガクと動いた。そのまま亀頭《きとう》をほじられるようにされるとたまらない。舌は次第に下に行き、エルドルフは尻の肉を押し広げて、穴のあたりを嗅《か》いだ。

「すごく興奮してるな。濃《こ》いにおいさせてる」

恥ずかしさで、頭の中が焼き切れそうになった。義兄《ぎけい》が、窄《すぼ》みをじっくりと舐め始める。

「んん……ッ」

舌の先を挿《い》れられ、アムは喘いだ。気持ちがよすぎて苦しい。

エルドルフはベッドを離れ、クリームを持ってきた。穴の周囲に塗り込められ、じっくりとよくほぐされる。指が二本、三本と増やされ、中でくいと曲げられた。

「ンンッううン」

「そう、いい子だ。大丈夫《だいじょうぶ》、俺に全部、預けて。……必ず気持ちよくなるから」

褒《ほ》められながらそこを刺激《しげき》されると、疼きがじわっと沁《し》みて広がる。顎《あご》をのけぞらせてイキそうになると、エルドルフは指を抜いた。アムの口からネクタイを外し、丁寧《ていねい》に唇《くちびる》を吸う。

「エルッ、もう命出せよ！」

アムが涙目《なみだめ》で言うと、エルドルフは笑った。

「何を出すんだ？　もう曝露も仰臥もしているだろう？」

アムは荒《あら》い息を吐《は》き、目を逸《そ》らした。

「……イかせて」

「そんな命は、知らないな」

エルドルフが意地悪く笑い、前立てを開けた。中から、硬くなったものをぶるんと取り出す。赤黒く大きなそれは、遠吠《とおぼ》えするように天を向き、先がいやらしく濡《ぬ》れていた。かっちりとした制服の中から現れた雄《おす》の本性《ほんしょう》は生々しく、凶暴《きょうぼう》そうな肉感に満ちている。

エルドルフは、銃《じゅう》を磨《みが》くように自身のものをしごきあげた。

「イかせてほしいなら、俺のを舐めろ。この先は、吸ったら本当にしょっぱい汁《しる》が出てくるぞ」

エルドルフは冷ややかに言った。ベッドから下りて床《ゆか》に立ち、「お前はそこにいていい」と指示を出す。

「《割座》」

アムは起き上がり、義兄のすぐ前でペタンとベッドに座った。

「どういうふうにコグレのを舐めた？」

「だから、あれは指で……」

「なんて言われたか、すべて正確に言え。《吐露《とろ》》」

命を出されると、体の芯《しん》に震《ふる》えが来る。後頭部に手が添《そ》えられて顔を引き寄せられた。アムの視界を、いきりたった雄の肉棒が占拠《せんきょ》する。

信頼する主者の前で隠し事はできず、記憶《きおく》の限りのことを打ち明けた。

「二人でお風呂《ふろ》に入った後で……指の先だけ……人差し指をね、ちゅーっと吸ってみろよって。しょっぱいの出てくるからって」

言いながら、エルドルフがこの一件に怒《おこ》っている理由がようやくわかってきた。

「それから？」

エルドルフの充溢《じゅういつ》したもので、頬《ほお》をぺちぺちと叩《たた》かれる。アムは顔を赤くして、目を伏《ふ》せた。

「……ウソだって言ったら、試《ため》しに先っちょだけ口の中に入れてみろって。それで指先を吸ったら、割れ目のところ、ぺろぺろしてみ、って言われて、爪《つめ》と肉の隙間《すきま》、いっぱい舐めた……」

アムは潤《うる》んだ目で、義兄を見上げた。

「ごめんなさい」

エルドルフは無表情でアムを見下ろしていたが、ふと視線を逸らしてため息をついた。

「それ、お前がコグレと初めて演習を一緒《いっしょ》にした頃《ころ》だよな？　あの頃って、あいつに結構睨眼《げいがん》飛ばしてたから、俺への仕返しだな。別にお前は悪くないよ」

「ん……」

アムはエルドルフの濡れた亀頭に、軽く唇で触《ふ》れた。チラッと上を見ると、エルドルフが欲《よく》情《じょう》をこらえた顔でアムをじっと見つめていた。

ちゅっとキスして、先端の割れ目をぺろぺろと舐める。すればするほど、確かにじわりと塩の味が広がった。大きく膨《ふく》らんだ肉弾《にくだん》をちゅぱりとしゃぶり、口の中で吸ってみる。

頭を優《やさ》しく撫《な》でられて、アムはドキドキとした。太い銃身《じゅうしん》を手で上下にしごくと、ドクンと脈打つのがわかる。

「……上手だ、アム」

褒められて、アムはさらに奥深くまで咥《くわ》えた。

「……いいよ、もう。出そうだ」

アムは夢中で義兄のものをしゃぶった。吸ったり舐めたり、裏筋を刺激したりすると、芯を持って、信じられないほど硬くなっていく。お預けになっていたアムの体も、また昂《たかぶ》った。

「アムッ、離《はな》せ」

エルドルフの声が上擦《うわず》り、一気に口から引き抜《ぬ》かれた。その刺激でなのか、白濁《はくだく》が噴《ふ》き出し、アムの顔にかかる。

「……悪い」

エルドルフはアイロンのかかったハンカチを取り出し、汚《よご》れたアムの顔を丁寧に拭《ふ》いた。

「ううん……出たのに、なんで大きいままなの？」

エルドルフは苦笑《くしょう》すると、服をすべて脱《ぬ》いだ。鍛《きた》え上げられた厚みのある体が現れる。

「じゃあ、少し余裕《よゆう》をもらったところで、挿れていいか？」

頬を上気させたアムは、目を伏せてうなずいた。肌《はだ》が火照《ほて》り、吐く息が熱い。

「後ろからのほうが、楽かな」

エルドルフはアムを四つん這《ば》いにさせると、ひくひくと口を開ける中にゆっくりと挿入《そうにゅう》した。

少しずつ奥に入ってくると、中にある雄の狼《おおかみ》が、どんどん大きくなっていく。

「あっ……あっ……アッ」

その肉の銃で抉《えぐ》られるようにされると、アムはたまらず喘いだ。

「声を出すなよ。《静粛《せいしゅく》》」

でも息で快感を逃《のが》さないと、体がしんどい。エルドルフは、一度大きく腰《こし》を引いた。体が軽くなり、アムは息を整えた。

次の瞬間《しゅんかん》。ずずっと挿れられて、熟《う》れ始めた中を擦られた。

「ンンンッッ……！」

「……声、出さなかったな」

耳元で、うれしそうな声がした。

「偉《えら》いね」

その言葉で、頭の中が恍惚《こうこつ》となる。体を優しく撫でられた。その手にまたうっとりした。

「お前は本当に優秀《ゆうしゅう》なんだよ。ほら、中をいい子いい子してやる」

義兄の大きな亀頭が、感じるところを褒めるように、幾度《いくど》も往復した。そうされながら言葉で愛撫《あいぶ》されると、もうだめだ。快感が数倍にも増幅《ぞうふく》する。アムは声を出さずに喘いだ。

「痛くない？　小さな声でなら、話していい」

「いたくない……きもちい……きもちい、めい、だして、だして……」

「じゃあ俺が命を出すまで、勝手にイクな」

アムの中がキュンと締《し》まる。エルドルフが尻《しり》をパンッと叩くと、さらに強く締まった。

「……ッ、お前の中、気持ちいいよ。うねってる」

エルドルフはアムの体を操縦するように、淫《みだ》らに腰だけを動かした。

「アム、緩《ゆる》めて、力抜《ちからぬ》け、そう……上手だ……最高……」

太い銃身が奥深くまで入ってくる。褒められ、トントンと突《つ》かれ、アムは朦朧《もうろう》としてきた。

「いい……俺のに、ちゅうちゅう吸いついてくる。すごくいい」

「オレもいいっ、イキたい……ッ」

だが命がある。アムの先端《せんたん》からはだらだらとこぼれていたが、達することができないでいた。腰が重く、性器が張り裂《さ》けそうなくらい苦しい。

「エルッ……イかせて……おねがい」

エルドルフはさらに奥に挿れると、大きく動き始めた。アムの頭の中が真っ白になる。パンパンと力強く打ちつけられてから、耳元で囁《ささや》かれた。

「《着到》」

「ああァッ!!」

背中が反り、溜《た》まっていた快感が一気に放出される。同時に熱いものが撃《う》たれ、奥に流れ込んできた。ぼうっとしていると、いつのまにか仰向《あおむ》けにされていた。

「……一緒にイケて、死ぬほどうれしいよ。いっぱい褒めなきゃな」

出したはずなのに、もうがちがちに硬《かた》く反ったものが、あの弱いところにちょうど当たる。ぐちょぐちょと何度も刺激されると、体に電流が走り、アムはまた達した。涙目でエルドルフを見ると、優しく笑われた。見たこともないくらい、蕩《とろ》けた顔をしていた。

のしかかられ、口を塞《ふさ》がれる。舌が入ると同時に腰を進められて、奥に義兄のものが力強く入ってくる。体全部がいっぱいになって、息もできない。

「もうたくさん出していい。我慢《がまん》しないで、出しまくっていい」

突かれるたびに、アムの先端から快楽の証《あかし》がぴゅっ、ぴゅっと噴いた。

「だめ、むり、あぁっ、あぁっ、またイクッ、いっちゃう…………！」

「おいで、お兄ちゃんと気持ちいいことといっぱいしよう」

アムはエルドルフにしがみつき、細い腰を浮《う》かせて自分からねだるように振《ふ》った。

「おにいちゃん、おにいちゃんッ、きもちいッ……」

「お兄ちゃんの、好きに使っていいよ……お前のものだから」

アムは気持ちのいいところに当てて、下半身をいやらしくすりつけた。力強く太い、エルドルフの野生を味わうと、何回も達してしまう。耳元で、苦しげにも聞こえる声がした。

「アム……全部欲しい、全部あげるから」

この人にすべてを委《ゆだ》ねていることが、たまらない陶酔《とうすい》を生み出す。委ねられたほうの歓喜《かんき》が流れ込み、アムはその愛情と執着《しゅうちゃく》を全身で受け止めて、義兄《あに》を隅々《すみずみ》まで深く理解した。

口を塞がれながら腰をねっとり動かされ、中にたっぷりと出される。その状態でまた突かれ、絶頂と恍惚で、アムは気を失った。

波が引くように、ふと目を覚ました。寝巻《ねま》きを着た状態で、自分の部屋のベッドに寝かされている。昼前に家に戻《もど》ったはずなのに、窓の外は真っ暗だ。起き上がろうとすると、腰が抜けそうになった。下半身がだるく、立ち上がるのがしんどい。

アムはしゅるんと犬の姿になり、ベッドの上で「ウォーン」と義兄を呼んだ。すぐにドアがガチャリと開き、エルドルフが顔を出す。

「起きたか」

エルドルフはベッドに駆《か》け寄り、しっぽを振る銀の犬を優しく抱《だ》き上げると、「腹は減ってないか？」と訊《き》いた。アムが舌舐《したな》めずりすると、「そうだ、スープを持ってきてやる」と頭を撫でた。ベッドに下ろして、部屋にあるランプをすべて点けると、クローゼットから服を出す。

「これに着替《きが》えて。でもベッドで横になってるんだぞ」

エルドルフはテキパキと指示を出し、部屋を出て行く。おとなしく従って着替え終わると、ドアがノックされた。やけに早いなと思ったら、ドアを開けたのは父だった。

「アム、体は大丈夫《だいじょうぶ》か」

父は大股《おおまた》でやってくると、しゃがみこんで、ベッドに座るアムの顔を見上げた。

「ちょっとだるい」

主にエルドルフのせいだが。父は心配そうな顔でアムの手を握《にぎ》り、そこに額をつけた。

「父さん……？」

憔悴《しょうすい》した様子に、ふと心配が募《つの》る。

「何かあったの？」

「いや……やっぱりお前がもうちょっと元気になってからにしよう」

「大丈夫。気分が悪いわけじゃないし」

父は言い淀《よど》んだ。その時、部屋のドアがノックもなく開けられ、エルドルフが入ってきた。父がここにいるとは思わなかったらしく、驚《おどろ》いた顔をする。エルドルフは目を泳がせると、大きなスープカップを載《の》せたトレーを机に置き、足早に立ち去ろうとした。

「エル、待って」

アムは思わず呼び止めた。

「ここにいて。……お兄ちゃん」

切なく甘えた声が出てしまい、アムは自分で驚いた。だが父も兄も、同じタイミングでアムを見つめ、驚いた顔をした。エルドルフがすぐにそばへとやってくる。父は握っていたアムの手をすっと離した。その様子を、エルドルフは射るような視線で見ていた。

「……父様、先に食事をさせてもいいですか？」

エルドルフが静かに訊くと、父はいつもの威厳《いげん》に満ちた声で「もちろん」と返した。エルドルフは食事のトレーを再び持ってベッドに戻ると、アムの隣《となり》に腰かけた。自分の膝《ひざ》の上にそれを載せ、スープの入ったカップを手に取る。

「うん、そこまで熱くないから、大丈夫だ」

カップとスプーンを渡《わた》され、アムはかぼちゃのポタージュを静かにすすった。前に教えられたマナーを思い出し、音が出ないように、細心の注意を払《はら》う。

エルドルフはアムがカップを空にするまでを見届けてから、父に顔を向けた。

「父様、アムは疲《つか》れているので、話は明日にしては?」

「えっ、いいよ。だって何か話すことあるんでしょ。それに発表は上手《うま》くいったの?」

父の代わりに、エルドルフが間を置かず答えた。

「発表自体に手抜《てぬ》かりはない。その後の反応が問題だ。事実、もう号外が配られた」

エルドルフがポケットから四つ折りの紙を出した。「陸軍の暴走」という大きな字が躍《おど》っている。父がため息をついた。

「批判が軍部に向かううちはともかく、人獣《じんじゅう》に行くと、これまでやってきたことが水の泡《あわ》だ。そのうち、お前のことも嗅《か》ぎつけられるだろう」

「アムは俺が守るので、ご心配なく。……あなたはご自身の立場保全をまずお考えください」

どこか反抗《はんこう》的な言葉に、父の口髭《くちひげ》がピクリと震《ふる》えた。エルドルフは、仮面のような微笑《ほほえ》みでアムをじっと見つめている。父はその横顔を凝視《ぎょうし》した。

「……エルドルフ、本当にアムを任せていいんだな? 私は、行き過ぎた嬉戯《きぎ》の心配をしなくてよいんだな?」

エルドルフは父のほうに振り向き、片方の眉《まゆ》だけを上げて冷たく笑った。

「……行き過ぎた嬉戯で子どもまで作ったあなたが、それを言うんですか? 母様にずっと辛《つら》い思いをさせていたあなたが?」

父は眉を深く寄せ、口を真一文字に結んだ。

「でも俺は父様に感謝しています。俺に弟を作ってくれたから。アムはあなたが俺にくれたものの中で、一番素晴《すば》らしい贈《おく》り物だった」

「私は、お前にアムをやったつもりはないが」

エルドルフの目が獰猛《どうもう》に変わり、あの主者独特の威圧感《いあつかん》を出した。父もエルドルフを強くにらみつける。その無言の圧力の応酬《おうしゅう》にアムは胃が縮むようだったが、エルドルフは鋭《するど》い目つきはそのままにして、口角だけを綺麗《きれい》に上げた。

「俺は、あなたのほうがアムに執着しているように見えるし、この歳《とし》の息子《むすこ》に対するには、ベタベタとして甘すぎると思う。アムを甘やかしていいのは、もう主者である俺だけです。アムも十八だ。父親は、関係ない」

「もうやめろよ！　ケンカしないで」

二人は同時にアムを見た。

「父さん、エルはこんなこと言ってるけど、本当は父さんに認められたいって思ってずっとがんばってきたんだ」

「アム」

エルドルフが苛立《いらだ》った声を上げたが、アムはやめなかった。

「でも自分は父さんの道具だって言ってた」

父が目を見開いて、エルドルフに視線を向けた。

「やめろ」

厳しい声で言われたが、アムは義兄に向いた。

「父さんは、自分の跡《あと》を継《つ》がせたい、継げるのはエルしかいないってオレに言ってたよ。……エルとオレのために、人獣の社会をよくするって。昔は人獣を劣《おと》った存在だって思ってたけど、小さい時のエルを見て、それは間違《まち》いだって気づいたんだって。だからエルのために、あの学校を作ったんだ。……オレが生まれる、ずっと前に。人獣の地位をよくするために、エルの本当のお父さんは父さんにエルを託《たく》したし、だから余計に父さんは厳しく育てたんだと思う」

アムは、少しためらいながら、話を続けた。

「でも……エルは狼《おおかみ》だから、犬と違《ちが》ってやっぱり人には馴《な》れないし、自分にも馴れないって言ってた……」

義兄の険しい表情が、少し戸《と》惑《まど》いを帯びたものになる。

「……エルドルフ、私はお前から、アムを取り上げたりはしない」

父の言葉に、エルドルフはまた眉をピクリと動かした。

「だから、そんな攻撃《こうげき》態勢に入らないでくれ。……お前はわがままを言ったことも、口答えをしたこともなかったのにな。アムが来てから、急に駄《だ》々っ子になった」

父の口調が、ふと柔《やわ》らかくなった。エルドルフが眉を寄せ、気まずそうに視線を逸《そ》らす。

「……すみません。つい頭に血が上って。失礼の数々をお許しください」

「そうやって、ずっと他人行儀《たにんぎょうぎ》でいるつもりか？」

父は目元を綻《ほころ》ばせた。目尻《めじり》に幾本《いくほん》もの皺《しわ》が寄る。

「お前から陸軍に入りたいと聞いた時は、どんなにうれしかったか……。今だって、お前と仕事の話ができることが何よりの喜びなのに。お前は、アムに甘すぎると言ったが、私はお前に厳しく当たりすぎたと思っている。最初の子だったし、なんでも飲み込みが早くて、頭抜《ずぬ》けて優秀《ゆうしゅう》だったから私も力んでいたんだ。……許してくれ」

父はエルドルフの膝にポンと手を置いた。エルドルフが複雑な表情をする。

「お前の本音が聞けて、うれしく思ってるよ。ついこのあいだまで、両手に乗るくらいの子犬だったのになぁ」

「……狼です」

エルドルフが照れ臭《くさ》さを押し殺した顔で言った。

「お前がゆりかごの中で丸まって寝《ね》ていると、黒い毛玉みたいで本当にかわいかった」

父は中腰《ちゅうごし》になると、目を伏《ふ》せるエルドルフの頰《ほお》に手を当てた。

「人の姿になった時を、よく覚えているよ。恐《おそ》ろしいほど愛らしい赤ん坊《ぼう》で、将来は父親に似て、美男子になると思った」

エルドルフがすっと目を上げた。

「……俺の父親は、父様だけですよ」

父は目尻を下げて、眩《まぶ》しそうに目を細めた。そのまま、アムのほうを見る。

「父さん、オレ、兄さんにずっとついていく。小さい頃《ころ》から、大好きだったんだ」

アムは父の目を見ながら言った。父がエルドルフに視線を移す。

「俺は、人獣の地位を上げていくために、これからを生きたいと思います。父様の路線を継いで、アムと二人で生きる。俺たちは、二人で一つだから」

父はしばらく黙《だま》っていた。そして観念したように二、三度うなずいて、腕《うで》を広げた。

「……お前たちは、自慢《じまん》の息子だよ」

二人まとめて抱《だ》きしめられ、アムは笑った。エルドルフも、照れ臭そうな顔をする。しばらくそのままでいた。

父は体を離《はな》すと、厳しい表情になり、アムに向いた。

「……それで、話したかったのは、お前の母さんのことだ」

父はそこで言葉を切った。エルドルフが、そっとアムの肩《かた》を抱く。

「お前の居場所を吐《は》くよう強い命を出されて、それに従わなかったために昏迷《こんめい》を繰《く》り返し、隙《すき》を見て逃《に》げ出して、川に身を投げたらしい」

アムはぎゅっと唇《くちびる》を噛《か》んだ。

「……私のせいだ。すまない」

父の絞《しぼ》り出すような声に、アムは首を横に振《ふ》った。

「……母さんが連れていかれた時点で、半分諦《あきら》めてたよ」

父は悄然《しょうぜん》とした顔でアムをきつく抱きしめると、静かに部屋を出て行った。

「……アム」

エルドルフに抱き寄せられたが、アムはそっと体を離した。

「泣きたい時は、思い切り泣いたほうがいい」

母の死を、今すぐには信じられなかった。やっぱりという落胆《らくたん》、信じたくないと足掻《あが》く悲しさ。心の整理をする時間が欲しかった。

「……ありがと。オレ、皿を戻《もど》しに行ってくる」

「俺が行くよ」

「じゃあ一緒《いっしょ》に行く」

アムの言葉に、エルドルフが静かにうなずく。ゆっくりと立ち上がると、アムはそっと一歩を踏《ふ》み出した。腰《こし》が重い。

「……脚《あし》がガクガクするの、エルのせいだからな」

「だから俺が行くって言っただろう」

普段《ふだん》のやりとりをしていると、少しだけ気が紛《まぎ》れた。沈《しず》む心を見ないでいられる。兄がいて、よかった。もう一人ではないから。

台所に行き、エルドルフがトレーを手近な台に置いた。手伝いの人はまだ戻ってはおらず、シンとしている。スープは作り置きされていたもので、それを温めてくれたらしい。

その時、ふとエルドルフがドアのほうを振り返った。

「母様……もう帰られたのですか」

「えぇ、つい今しがた」

帽子《ぼうし》を被《かぶ》り、外套《がいとう》を着たままのハリナが戸口に立ち、アムをじっと見つめていた。

「あなた……いろいろあったそうだけど、体のほうは大丈夫《だいじょうぶ》なの」

「あっ、はい」

アムは丸めていた腰を伸《の》ばして、どぎまぎと返事した。まだこの人に慣れない。でもエルドルフの母親だ。向こうは内心よく思っていないかもしれないが、なるべく嫌《きら》われたくなかった。

「体調が戻ってよかったわ。あのね、これ……あなたに」

ハリナはハンドバッグの中から、白い封筒《ふうとう》を取り出した。アムは神妙《しんみょう》にそれを受け取って、封筒を裏表に返して見てみた。ハリナ宛《あ》ての手紙で、差出人の名はない。

怪訝《けげん》に思いながら便箋《びんせん》を取り出すと、それはアムの母がハリナに宛てたものだった。

「これ……!?」

三角の耳が、思わずピンと立った。手紙の日付は、六年前になっている。

「……あなたのお母様は、川に身を投げて、カワイルカの人獣《じんじゅう》に助けられたらしいの」

母はそのイルカの人獣が所属する保安部隊に保護されたが、記憶《きおく》をなくしたふりをして、しばらく名前は言わなかった。そして保護されているということも明らかにしないよう、要請《ようせい》していた。生存が明るみに出ては、また狙《ねら》われないとも限らなかったからだ。

手紙には、大臣に自分の存在を伝えないでほしいということと、息子の居場所についての質問が書かれていた。

「私は、返事を書いた。今あなたの息子《むすこ》さんは行方《ゆくえ》不明だけれど、私の息子が捜《さが》しているから、必ず見つけ出しますって」

ハリナはそう言って、エルドルフを見た。エルドルフは目を丸くして、アムを見つめた。

「エル……！」

母さんは、生きている。アムは思わず、ぴょんと跳《は》ねてエルドルフに抱きついた。下半身に鈍痛《どんつう》が走る。

「あいたた……」

エルドルフの表情が一転し、心配そうな顔になる。ハリナはその様子を微笑《ほほえ》ましく見ていた。

「この手紙、万が一を考えて、私の実家の金庫に入れていたの。そこに書いてある住所を訪ねたら、お母様に会えるんじゃないかしら」

アムはエルドルフから離れて、ハリナの前に進み出た。小柄《こがら》な婦人は穏《おだ》やかな顔でアムを見つめている。アムはドキドキとしながら、礼を言った。

「これを渡《わた》してくれて、ありがとうございます」

「いいえ。でもあなたに、一つお願いがあって。……あなたのお母様がご存命なこと、あの人には言わないでほしいの」

ハリナは申し訳なさそうに目を伏せた。

夫妻に実の子どもがなかった過去や、エルドルフの話しぶりから考えても、隠《かく》し子の存在はこの人を苦しめ続けていたんだろう。父の中では、この女性を一番に愛していたとしても。

アムは手紙を胸の前で抱き、うなずいた。

手紙には、ハリナに対するお詫《わ》びの言葉と、もう大臣と会うつもりはないということも書かれていた。でも息子の身だけが心配で、非礼を承知で連絡《れんらく》をしたのだと。

「母さんのことは、言いません。あの、でも、オレもお願いがあって……」

ハリナが不思議そうな顔をして、もじもじとするアムを見つめる。

「あの……オレ、これからここの家によく来ることになると思うんです。だから、その、エルみたいに……母様って、呼んでもいいですか？」

アムの耳がぺしゃりと下がった。顔が赤くなるのがわかる。

ハリナは目を丸くしてから、にっこりと笑った。

「もちろん」

エルドルフがアムの肩に手を置いた。振り向くと、慈《いつく》しむような優《やさ》しい兄の目をしていた。

「二階に戻ろう。ここは冷える。母様も、外套のままで立ち話させてしまってすみません」

「いいのよ。お茶を淹《い》れましょう。もう少ししたら、食堂へいらっしゃい。向こうの家でミートパイを焼いて、持ってきたの」

「ありがとうございます！」

エルドルフが少し身をかがめ、アムの耳元で囁《ささや》いた。

「美味《うま》いんだぞ」

ハリナが台所から出て行く。アムは「また耳が出ちゃった」とつぶやいた。

「お前、起きた時からほとんど出てるぞ」

「えっ、うそ」

エルドルフは苦笑《くしょう》し、アムの頭をわしゃわしゃと撫《な》でた。

「もういいよ。お前はそのままでいい。何も直さなくていい。好きなように振る舞《ま》って、暴れていい。面倒《めんどう》が起きたら、俺が全部、始末つけるから」

アムの胸がキュンと縮まった。黒いしっぽをずっと追いかけていた、あの子犬の頃《ころ》に戻ったみたいだ。

「エルのお母さんは、エルをすごく誇《ほこ》りに思ってるんだな」

「あぁ……母様には感謝してる。でも俺は、上手《うま》くやらなきゃ、二人から捨てられるんじゃないかって心の底ではずっとビクビクしていたから……お前の存在に救われた。ただ後をついてきてくれる子犬に、癒《い》やされた。辛《つら》いことがあっても、アムが待ってるって思うとがんばれた」

胸の中が、甘く切ないものでいっぱいになる。エルドルフがそっとアムの手を握《にぎ》った。

「……俺は狼《おおかみ》で……周りにも人獣は誰《だれ》もいなくて、ずっと孤独《こどく》だった。お前に会った時、この子が俺の家族なんだって、雷《かみなり》に打たれたみたいだった。俺のたった一人の弟で、仲間で、家族」

アムの心臓は速くなりすぎて、息をするのも苦しかった。エルドルフの苦悩《くのう》が、くっついたところから流れ込んでくるようだった。

「……父さんから、エルがどうしてこの家にやってきたか、聞いた。エルには、十二人も本当のきょうだいがいるし、もしかしたらほかに弟か妹もいるかもしれないよ。全然一人じゃない」

「でも、俺のこの先の人生で、恐《おそ》らく会う機会はないと思う」

「会えるよ。エルがずっと偉《えら》くなって、自分の出自を公表すれば」

いつもまっすぐ顔を上げている義兄《ぎけい》が、ふと下を向いた。

「……お前はいつも……今だって、俺を救ってくれてる。父様があんなふうに思ってたこと、知らなかったよ。あの人は、俺のこと、道具か何かだと思ってるんだと……」

「そんなことないって。だってずっと……育ててきたんだよ、エルのこと。赤ちゃんの時から」

エルドルフは、優しい表情でアムを見つめた。

「ありがとう」

アムはこくんとうなずき、照れ臭《くさ》さをごまかすように笑った。

「お前、腰が痛いんだろう？　階段は抱《だ》っこしてやるから獣姿を取れ」

「なんかさー、偉そうに言う割に、エルがやってることってやっぱり世話係だよな」

アムがしゅるんと犬の姿になると、エルドルフは服を手早くかき集めて、銀のふさふさした体を抱き上げた。

階段を上り、アムの部屋に入ると、エルドルフは耐《た》えきれなくなったように笑い出した。

「おい、父様の前では殊勝《しゅしょう》な顔してろよ。お前のお母様のこと」

アムはエルドルフの顎《あご》をぺろぺろ舐《な》めた。

「やめろって、くすぐったい」

アムはうれしさをこらえきれず、腰の痛みをものともせずに身をひねって、エルドルフの腕《うで》から抜《ぬ》け出した。ベッドに着地し、おすわりする。

「ゥオオオーン……」

遠くにいる母に届くように、アムは遠吠《とおぼ》えをした。もうすぐ、会いに行くからね、と。

エルドルフがベッドに腰掛《こしか》け、犬の頭を撫でる。

「俺が最後に遠吠えしたのは、お前にやり方を教えた時だ。……あの時のお前の遠吠えが、ずっと耳に残ってる。だからお前の銘《めい》は『残響《ざんきょう》』なんだ。俺が、お前につけた名前」

アムはまんまるの緑の目でエルドルフを見つめた。エルドルフはアムを膝《ひざ》に乗せると、冷やっこい鼻に軽いキスを落とす。お返しに、アムは義兄のとがった鼻先をぺろりと舐めた。

「アム、大好きだよ。アムは昔からずっと、お兄ちゃんのすべてなんだ」

エルドルフはアムをベッドに下ろすと、自分は床《ゆか》に片膝をついてひざまずいた。

「お前の主者として、一生そばに置いてくれ」

アムは思わず人の姿に戻《もど》り、笑ってしまった。

「エルがオレの飼い主なんじゃないの？」

「……まだ気づかないか？　お前が俺を支配してるんだよ。俺はお前の、永遠の下僕」

男らしい美貌《びぼう》がふっと蠱惑《こわく》的に笑う。

「お前は、お前らしくいればいい。ここがお前の居場所だから」

アムはぶんぶんとしっぽを振《ふ》って、大好きな義兄に飛びついた。

あとがき

このたびは拙著《せっちょ》をお手にとってくださり、ありがとうございます。

実は二〇一九年頃《ごろ》に、二作目の著作としてこの話の元になるプロットを出していましたが（ドムサブが今ほど流行《はや》っていなかったので、違《ちが》う言葉にしていました）、ＳＦみが強く、話も暗めでと、いろいろ微妙《びみょう》な点があってお蔵入りしていました。ですがドムサブも流行り始め、微妙な点を改善して、この話が出せることになりました。ずっと書きたかったのでとてもうれしいです。

また、イラストはさとう蜂子《はちこ》先生にお願いすることができました。さとう先生の作品が大好きで、お引き受けいただけたときは本当にうれしかったです。キャララフの時点で攻《せ》めがかっこよすぎてもうおかしくなるかと思いました。どうもありがとうございました！

今回も担当さんにはいろいろとお世話になりました。また、この本に携《たずさ》わってくださったすべての方々に、この場を借りてお礼申し上げます。

そして、この本を読んでくださったみなさまに、深く感謝いたします。

佐《さ》竹《たけ》笙《しょう》

★ツイッターでもＳＳなどをアップしています。基本的に創作に関することしかつぶやかないのですが、フォローしていただけたらうれしいです。

@shosoukan

陸軍《りくぐん》士官《しかん》の甘《あま》い躾《しつけ》

義兄弟《ぎきょうだい》Dom《ドム》/Sub《サブ》ユニバース

佐竹《さたけ》笙《しょう》

角川ルビー文庫　23717

2023年7月1日　初版発行

発行者——山下直久
発　行——株式会社KADOKAWA
〒102-8177　東京都千代田区富士見2-13-3
電話 0570-002-301（ナビダイヤル）
印刷所——株式会社暁印刷
製本所——本間製本株式会社
装幀者——鈴木洋介

●お問い合わせ
https://www.kadokawa.co.jp/（「お問い合わせ」へお進みください）
※内容によっては、お答えできない場合があります。
※サポートは日本国内のみとさせていただきます。
※Japanese text only

ISBN978-4-04-113852-6　C0193　定価はカバーに表示してあります。